Andy Daring   Die dunkle Lust der Seele

AF236127

Andy Daring ist das Pseudonym eines in den 1960er Jahren
geborenen Autors. Er lebt und arbeitet in Deutschland.

Andy Daring

Die dunkle Lust der Seele

BDSM-Geschichten und Essays

© 2021 Andy Daring

Herstellung und Verlag: BoD – Books on Demand, Norderstedt

Printed in Germany

ISBN 978-3-7534-2138-4

Titelfoto: I. DIGAS

Inhaltsverzeichnis

Kurzgeschichten

Ein unangenehmer Spaziergang

Der Parkplatz am Kreishaus wurde nur von ein paar Laternen erhellt, deren Lichtkegel sich im Asphalt und auf den dicht an dicht stehenden Wagen spiegelte. Aus der Ferne waren die Klänge von Countrymusic zu vernehmen, vermischt mit dem hundertfachen Murmeln menschlicher Stimmen. Die Luft war geschwängert vom Gefühl guter Laune, die ganze Atmosphäre schien unter der Partystimmung zu vibrieren: Es war wieder Eulenmarkt in Peine, der verschlafenen kleinen Stadt zwischen den großen Kolossen Hannover und Braunschweig. Eulenmarkt, das ist dort eine große Veranstaltung, der zweite Jahreshöhepunkt gleich nach dem Freischießen. Bei diesem Ereignis ist die Teilnahme für alle Einwohner geradezu Pflicht.

In Erwartung einer feuchtfröhlichen und, dem guten Wetter sei Dank, erotikgeschwängerten Atmosphäre war jeder mit sich und seiner Liebsten beschäftigt, alle wollten nur rasch ihren Wagen irgendwo abstellen, um sich schnellstmöglich ins Getümmel stürzen zu können. Niemand nahm daher Notiz von dem unscheinbaren Kleinwagen mit dem Gifhorner Kennzeichen, der die vereinzelten Lücken im vorderen Bereich des Parkplatzes ignorierte und stattdessen eine Parklücke im hintersten Winkel ansteuerte. Dass der Fahrer auch noch rückwärts einparkte, bemerkte erst recht niemand.

„So, wir sind da!" sagte Thomas und blickte zu Bianca hinüber. Die beiden kannten sich schon von Kindesbeinen an, unvermeidbar, wenn man in unmittelbarer Nachbarschaft aufwächst. Ein Paar waren sie aber erst seit zwei Jahren. Bianca hatte zwar schon sehr früh ihre devote Neigung erkannt, diese Gefühle zunächst jedoch immer wieder zu unterdrücken versucht. Sie wusste später selber nicht, warum sie das getan hatte, vielleicht aus Scham, vielleicht aus Angst vor den Reaktionen der anderen, der ‚Normalen'.

Bei Thomas war es genau andersherum gewesen, er leibte es schon immer zu bestimmen und anderen Anweisungen zu geben. Sogar seine Eltern brachte er dazu, ihm alle, auch die ausgefallensten Wünsche zu erfüllen. Als er sich schließlich für Mädchen zu interessieren begann, schlich er sich heimlich zu Fortbildungszwecken in Sexshops und blätterte in den einschlägigen Heften. Schon bald erkannte er seine Berufung zum Dominus. Seine jeweils aktuelle Freundin versuchte er sanft zu einem Dasein als devote Untergebene zu erziehen, ohne seine Neigung offen zu äußern. Mit seiner Methode hatte er aber keinen Erfolg, die Mädchen trennten sich immer schnell von ihm. Dank seines sehr guten Aussehens hatte er aber keine Probleme, nach einer Trennung schnell eine neue Freundin zu finden, die ‚den Chauvi schon hinbiegen' wollte. Natürlich schafften es die Mädchen nicht, so dass die Beziehungen nicht von langer Dauer waren.

Der Ruf von Thomas blieb Bianca nicht verborgen, und da sie das Aussehen eines jugendlichen Modells hatte, interessierte sich Thomas irgendwann auch für sie. In ihrem Bekanntenkreis dachte sich niemand etwas dabei, im Gegenteil, es wurden sogar Wetten über die Dauer der Beziehung abgeschlossen. Die maximale Haltbarkeitsdauer lag bei drei Monaten, umso überraschter waren alle, als die Beziehung hielt, inzwischen schon zwei Jahre. Über die Ursachen dieses Rekords wurde viel gerätselt, aber da Thomas und Bianca nach außen ein ganz normales Paar waren und nur in ihrer eigenen Wohnung eine reine SM-Beziehung pflegten, wurde das Rätsel nie gelöst.

Thomas lebte seine Rolle als Herr und Pascha in vollen Zügen aus, und Biancas Traum von einem Leben als treu ergeben und stets unterwürfige Dienerin ging in Erfüllung. Ihre Fehler, Missgeschicke und gelegentlichen Widerworte wurden sofort unnachgiebig bestraft, ohne dass das Maß zur Brutalität überschritten wurde. Thomas achtete stets sehr genau darauf, dass seine Strafen unangenehm waren, aber keine bleibenden Schäden zurückblieben. Bianca wusste, dass sie ihm blind vertrauen konnte. Gelegentlich beging sie sogar absichtlich Verstöße, um eine Bestrafung zu provozieren. Sie genoss ihre Rolle in vollen Zügen. So auch an diesem Tag.

„Du weißt, weshalb wir hier sind", durchbrach Thomas Stimme die Stille im Wagen.

„Ja, ich weiß", antwortete Bianca, „aber ich habe ein ganz komisches Gefühl im Bauch."

„Hast du Angst?"

„Ich weiß nicht – vielleicht ist es Angst, vielleicht auch nicht. Es ist irgendwie ein mulmiges Gefühl, ich kann es nicht erklären."

„Ich kann verstehen, dass du aufgeregt bist, immerhin wird es jetzt ernst. Wir haben ja lange darüber gesprochen, ob wir diesen Schritt wagen und einen anderen Rahmen für eine Bestrafung suchen sollten, aber die Theorie im Schutz der eigenen Wohnung ist immer anders als die praktische Umsetzung. Du bist damit einverstanden gewesen, es zu tun, aber wenn du jetzt Angst hast, ist das verständlich – und wahrscheinlich sogar normal. Bekommst du jetzt kalte Füße?"

„Ich, hm, ich weiß nicht. Eigentlich will ich es ja auch, aber dann ist da wieder die Angst, es nicht durchzustehen und uns beide fürchterlich zu blamieren!" Sie blickte ihn mit großen Kulleraugen an.

„Deshalb sind wir ja auch hierher gekommen", beruhigte er sie, „Wir sind hier zwanzig Kilometer von zu Hause entfernt, es kennt uns keiner und in der Menge wird kaum jemand auf uns achten. Also optimale Voraussetzungen, findest du nicht auch?" Als Bianca bedächtig nickte, fügte Thomas mit etwas schärferer Stimme hinzu: „Vergiss nicht, dass du die strafe verdient hast! Du bist es schließlich gewesen, die letzte Woche beim Sex nur dagelegen und mich hat machen lassen, anstatt sich mit vollem Einsatz seinem Herrn hinzugeben. Einer solch faulen Sklavin muss die Trägheit ausgetrieben werden, und was ist besser geeignet, um den Unterleib einer Frau so richtig in Bewegung zu bringen als ihr Brennnesseln ins Höschen zu stecken? Also komm jetzt, denk nicht weiter darüber nach, was alles schief gehen könnte, sondern lass uns anfangen, desto eher hast du es hinter dir."

Aus Biancas Kehle kam ein langer Seufzer. Dann atmete sie tief durch und meinte: „Also gut, lass es uns durchziehen." Sie öffnete die Beifahrertür und war, weil der Wagen rückwärts eingeparkt war, zum Parkplatz hin durch die Tür verdeckt. Die linke Seite wurde von ihrem eigenen Wagen, die rechte von dem geparkten Nachbarn verdeckt. Nach hinten, zur Kreisstraße K 65, versperrten hohe Büsche die Sicht. Dieser relative Sichtschutz rings um sie herum ließ Bianca etwas ruhiger werden. Insgeheim bewunderte sie Thomas für die Einbeziehung kleinster Details bei der Planung ihrer Bestrafung. Wie lange hatte er wohl für das Auffinden der Örtlichkeit gebraucht? Der gesamte Rahmen war einfach perfekt für ihr Spiel.

Mit geübten Griffen band Bianca ihre lange blonde Mähne mit einem Haargummi zu einem Pferdeschwanz zusammen und warf das gebündelte Haar in den Nacken. Dann hob sie den schwarzen Faltenminirock hoch und streifte vorsichtig den roten Latexslip herunter. Auf diesem Höschen hatte Thomas bestanden, weil, wie er sagte, durch das Schwitzen die Wirkung der Brennnesseln verstärkt werden würde. Er wollte es ihr nicht zu einfach machen.

Thomas war inzwischen hinter sie getreten und holte mit einer Hand, die in einem Handschuh steckte, die Brennnesseln aus einer Plastiktüte. Langsam und voller Hingabe polsterte er ihren Slip mit einer dicken Schicht des Wildkrautes aus. Dabei ließ es sich nicht vermeiden, dass ihre nackten Schenkel mit den Pflanzen in Berührung kamen. Sofort spürte sie ein heftiges Brennen auf ihren Beinen. Bianca wurde unruhig, begann sogar hin und her zu zappeln, um die Schmerzen durch die Bewegung etwas zu reduzieren, aber ein paar leichte Schläge auf ihren Po brachten sie rasch dazu, sich zum Stillstehen zu zwingen. Schließlich wurde ihr von Thomas befohlen, ‚ihre Kleidung in Ordnung zu bringen'. Gehorsam zog sie den Slip hoch und konnte nur mühsam einen lauten Schmerzensschrei unterdrücken: Das Brennen auf ihren Schenkeln wurde intensiver, aber das war nichts im Vergleich zu dem, was sich auf ihrem Venushügel, ihrem Gesäß und vor allem in ihrer Lustgrotte abspielte! Dort fühlte es sich an, als würden alle Höllenfeuer auf und in ihr wüten, das Brennen brachte sie fast um den Verstand. Einem inneren Impuls folgend wollte sie sich sofort den Slip herunterreißen, um das Teufelskraut von ihrem Körper kratzen zu können, aber Thomas hatte mit einer solchen Reaktion gerechnet und hielt ihre Handgelenke fest umklammert. In dieser hilflosen Lage blieb ihr nichts anderes übrig, als durch heftiges Zappeln mit den Beinen eine Linderung ihrer Qual zu erreichen. Tatsächlich bildete sie sich nach einiger Zeit ein, dass die Bewegungen etwas geholfen hätten.

„Ganz ruhig", flüsterte Thomas, „es wird gleich etwas nachlassen. Die erste Wirkung ist immer am intensivsten, aber nach kurzer Zeit lässt sie etwas nach. Dann wirst du es leichter ertragen können." Er verfolgte Biancas verzweifelten Kampf gegen die brennenden Schmerzen mit der Freude eines Herrn, der seiner Sklavin eine gelungene Lektion erteilt, andererseits war er sich aber auch seiner Verantwortung für ihr Wohlergehen bewusst. Es war seine Idee gewesen und er hatte sich um alles gekümmert, damit es keine Probleme geben konnte. Er hatte viel Zeit mit der Lektüre von botanischen Büchern zugebracht, denn er wusste, dass die in den SM-Romanen verhängten Strafen unterhalten sollten, aber in der Praxis oftmals nicht realisierbar waren, wenn man keine unverantwortlichen Risiken eingehen wollte. Außerdem war es ihr gemeinsames Spiel, beide sollten die Strafe genießen können.

Thomas beobachtete Biancas Verhalten sehr intensiv und versuchte abzuschätzen, ob sie eine Überreaktion auf das Brennnesselgift zeigen würde. Als er glaubte, dass insoweit keine Gefahr bestand, flüsterte er Bianca einige tröstende Worte zu. Die Ärmste war inzwischen durch das viele Gezappel völlig erschöpft, der Schweiß lief ihr in Bächen herab. Die weiße Bluse zeigte deutliche Schweißflecken, aber ihre erigierten Nippel drückten gegen den Stoff der Bluse und zeigten an, dass sie trotz der Qual auch ihre Freude an dem unangenehmen Spiel hatte.

Nach ein paar Minuten, die Bianca wie eine Ewigkeit vorkamen, wurde sie von Thomas untergehakt und in Richtung Festmeile gezogen. Ihre strafe bestand darin, die hundert Meter vom Parkplatz bis zur Fußgängerbrücke und diesen circa achthundert Meter langen Bereich einmal hinauf und wieder zurück zum Auto zu laufen. Sie sollte dabei ein Lächeln zeigen und sich nichts von ihrer ungewöhnlichen Slipeinlage anmerken lassen. Als Thomas diese Strafe vorgeschlagen hatte, hörte sich das für Bianca toll an. Es klang wie ein ungewöhnliches Abenteuer, denn bislang hatten sie ihre Neigungen nur in der Wohnung ausgelebt. Diese Aktion in der Öffentlichkeit war daher eine Premiere und sollte der Auftakt für weitere Outdoor-Spiele sein.

Langsam, mit wackeligen Beinen, stakste Bianca vorwärts, von einem eleganten Gehen oder gar lasziven Schreiten war nichts zu sehen. ‚Das halte ich nicht aus‘, dachte sie, ‚das Brennen ist die Hölle!!! Den Weg schaffe ich nie!‘

‚Das sieht doch gut aus‘, dachte Thomas, ‚sie bewegt sich wirklich fast ganz normal. Okay, es geht etwas langsam vorwärts und wenn man genau hinschaut, erkennt man den unsicheren Gang, aber das wird jeder auf zuviel Alkohol schieben, also kein Problem.‘

Langsam, ganz langsam näherten sie sich der Fußgängerzone. Die erste Bühne kam schon in Sicht, eine dichte Menschentraube versperrte den direkten Weg.

„Konzentrier dich, Bianca“, redete sie sich tonlos zu, „das Brennen lässt doch schon nach, also gaaaaanz langsam das eine Bein vorwärts setzen, jetzt das andere. Langsam, nur langsam, gleich ist alles vorbei, es dauert nicht mehr lange...“

Während sich Bianca selber Mut zuredete und vollständig auf das Gehen konzentriert war, beobachtete Thomas mit Argusaugen jede ihrer Bewegungen. ‚Sie ist eine absolute Traumfrau‘, dachte er, ‚ich hätte nie gedacht, dass es einen

16

Menschen wie sie gibt. Endlich jemand, mit dem ich meine Art von Spaß teilen kann.'

Liebevoll legte er seinen Arm um ihre Hüfte und zog sie dicht an sich heran. Bianca registrierte dies zwar nur am Rande, aber instinktiv kuschelte sie sich schutzsuchend in seine Armbeuge. Die Schmerzen in ihrem Unterleib waren noch immer enorm, aber merkwürdigerweise steigerten sie sich nicht mehr. Irgendwo in ihrem Hinterkopf dämmerte die Erinnerung an einen Aufsatz, in dem es hieß, dass der Schmerz bis zu einem gewissen Punkt ansteigt und dann nachzulassen scheine. Wenn das stimmt. Hätte sie den Höhepunkt ihrer Qual zumindest erreicht, vielleicht sogar schon überschritten. Für einen Moment keimte Hoffnung in ihr auf, das Ganze schnell zum Ende bringen zu können. Als sie kurz den Schleier, der sich wie ein Schutzschild um ihre Wahrnehmungsfähigkeit gelegt hatte, lichtete, spürte sie aber gleich die Realität, das rasende Brennen, vor allem in ihrer Lustgrotte. Zerstoben war die Hoffnung auf ein rasches Ende ihrer Qual, ein leichter Schmerzensschrei entfuhr ihrem Mund. Erschrocken blickte Thomas sie an, erkannte aber gleich, dass es sich nur um eine normale Reaktion und nicht um ein erstes Anzeichen für Komplikationen handelte.

Langsam, unendlich langsam stakste Bianca weiter. Endlich kam die Fußgängerbrücke am anderen Ende der Festmeile in Sicht und signalisierte die Verbüßung der ersten Hälfte ihrer Strafe. Genau vor der Brücke war eine Bühne aufgebaut, die es zu Umrunden galt. Der Anblick des eigentlich hässlichen

Gebildes setzte neue Zuversicht in ihr frei. Bianca raffte ihre Kräfte zusammen. Sie drückten sich dicht an den Fassaden der Geschäfte vorbei, um der Menschentraube vor der Bühne aus dem Weg zu gehen. Gleich darauf hatten sie die Bühne umrundet und waren auf dem Rückweg.

„Die Hälfte ist geschafft, gleich ist es vorbei", trieb sich Bianca leise an, „jetzt nur nicht schlapp machen! Weiter, nur weiter!!!"

‚Wahnsinn, wie sie sich hält!', freute sich Thomas innerlich, ‚Jede Wette, dass keine der anderen Frauen in unserem Bekanntenkreis auch nur zwanzig Meter geschafft hätte! Ja, Biancas Neigungen sind echt, keine Frau würde eine solche Strafe freiwillig erdulden, wenn sie keine masochistischen Neigungen hätte. Bianca ist eine echte Masochistin, ein wahres Geschenk!'

Thomas hatte sich viele Örtlichkeiten angesehen, um sie auf ihre Tauglichkeit für diese Art von Bestrafung zu prüfen. Nachdem seine Wahl auf Peine gefallen war, hatte er sich intensiv mit der Örtlichkeit vertraut gemacht. Er wusste daher, dass sie auf dem Rückweg schneller als auf dem Hinweg vorankamen. Schon erkannte er den Laden, der ihm das Erreichen der Mitte der Fußgängerzone signalisierte. Rasch warf er einen verstohlenen Seitenblick auf Bianca.

‚Sie hält sich immer noch sehr gut', stellte er fest, ‚auch wenn ihr Lächeln ziemlich gequält aussieht. Aber das ist ja auch kein Wunder, bei dem, was sie gerade durchmacht. Trotzdem wirkt sie fast normal.'

Von dieser Feststellung ermutigt und in dem Wissen, dreiviertel des Weges geschafft zu haben, wurde Thomas dreister. Während sie sich langsam vorwärts bewegten, ließ er seine Hand von Biancas Hüfte auf ihren Po sinken. Die Berührung schien das Brennen zu verstärken, denn er bemerkte ein kurze Zusammenzucken und ein gequältes Verdrehen ihrer Augen. Aber schon nach wenigen Sekunden hatte sie sich wieder im Griff und zeigte ein, allerdings noch viel verzerrteres, Lächeln als vorher. Thomas ließ seine Hand nicht auf Biancas Po liegen, sondern schob sie unter ihren Rock. Bianca registrierte es wie aus weiter Ferne. Sie war sich ziemlich sicher, dass die Leute hinter ihnen den Latexslip sehen konnten. Nun wusste sie, warum Thomas auf einem roten Slip bestanden hatte, der gegenüber ihrem schwarzen Mini einen guten Kontrast abgeben musste! Über die Wahl des Faltenrocks war sie nun auch nicht mehr verwundert, denn der ließ sich am Besten von all ihren Röcken schnell und problemlos hochheben. Thomas dachte eben an alles! Allerdings war sie viel zu sehr mit sich selber beschäftigt, als dass sie auf etwaige Reaktionen der Leute hinter ihnen hätte achten können, außerdem war es ihr in ihrem momentanen Zustand schon lange egal, was die ‚Normalos' dachten.

Endlich kam das Ende der Fußgängerzone in Sicht. Bianca riss sich noch mal zusammen und drängte hastig vorwärts. Dabei schob sie rücksichtslos Leute zur Seite, schlängelte sich durch die kleinsten Lücken in der Menge und hatte endlich die Fußgängerzone hinter sich. Sie beschleunigte ihren

Schritt und schon war der Parkplatz erreicht. Mit einer letzten Kraftanstrengung schleppte sie sich zu ihrem Auto und lehnte sich erschöpft dagegen.

„Bravo, Kleines, du hast es geschafft!", lobte Thomas und küsste ihre vor Schweiß triefende Stirn, „Du kannst jetzt die Brennnesseln entfernen."

Das ließ sich Bianca nicht zweimal sagen! Rasch hob sie den Rock hoch und riss sich mit zitternden Fingern den Latexslip vom Leib. Es war ihr völlig egal, ob er dabei beschädigt wurde oder nicht, Hauptsache, die verdammten Wildkräuter waren endlich weit weg von ihrem Körper. Thomas hatte in der Zwischenzeit den Inhalt von mehreren Wasserflaschen in einen Eimer geschüttet. Nun tauchte er einen ebenfalls mitgebrachten Waschlappen hinein und reichte ihn Bianca.

„Wasch dich damit etwas, das Wasser entfernt den Pflanzensaft und weil es kalt ist, wird es deine Schmerzen auch gleich lindern."

‚Er denkt auch wirklich an alles!', schoss es Bianca durch den Kopf, während sie dankbar nach dem Waschlappen griff. Dann war sie die nächsten Minuten damit beschäftigt, ihren Unterleib immer und immer wieder abzureiben. Als das Brennen langsam nachließ, registrierte sie die Hitze ihres Körpers, die nicht durch die Wildkräuter hervorgerufen wurde. Sie spürte ein ungeheures Lustgefühl und bemerkte, dass ihre Lustgrotte eine eigene Flüssigkeit zum Löschen produzierte. Endlich, nach langen, langen Minuten, war sie soweit, dass sie die Heimfahrt antreten konnten.

Bevor sie in den Wagen stiegen, stellte Thomas mit förmlicher Stimme fest: „Deine Strafe ist verbüßt, Sklavin."

„Danke, Herr", antwortete sie mit schwacher Stimme, der die Erleichterung über die überstandene Tortur anzumerken war. Thomas spürte aber auch den lüsternen Unterton. Die Heimfahrt verlief jedoch schweigsam, jeder hing seinen Gedanken nach.

‚Es sah gut aus', sinnierte Thomas, ‚hoffentlich sieht sie das auch so, aber fragen werde ich sie am Besten erst morgen, wenn sie sich wieder etwas erholt hat. So kurz nach dem Strafende könnte sie gegen eine Wiederholung sein. Ich könnte ihr natürlich die Wiederholung befehlen, aber ob sie dann auch ihre Freude daran haben würde? Wahrscheinlich ja, denn der Unterton in ihrer Stimme scheint darauf hinzuweisen, dass sie scharf ist, aber besser, ich gehe kein Risiko ein. Die Bestrafung einer Sklavin ist schließlich nur dann sinnvoll, wenn sie die Strafe voll akzeptiert. Wenn nicht, steht man schnell ohne Sklavin da. Also lasse ich es lieber langsam angehen.'

‚Puh, war das anstrengend', dachte Bianca. ‚Aber jetzt, wo es vorbei ist, war es auch irgendwie toll!' Sie spürte einen Anflug von Stolz, diese harte Strafe ohne Versagen überstanden zu haben. ‚Eigentlich unglaublich, aber trotz der harten strafe bin ich glücklich', stellte sie fest, ‚Ich habe wirklich Glück gehabt, einen Mann zu treffen, der soviel Phantasie und Verantwortungsbewusstsein hat wie Thomas. Er denkt wirklich an alles und trifft jede mögliche Schutzmaßnahme! Schade nur, dass nicht alle masochistisch veranlagten Menschen so viel

Glück haben! Warum nur ist diese Spielart so verpönt? Wie schön könnte das Leben sein, wenn jeder seine Vorlieben frei ausleben und darüber sprechen könnte!'

Morbus Faulenzia

Mein Nachbarhaus war wie alle anderen in der Siedlung ein eher unscheinbarer Bau. Das Besondere an ihm war für die Allgemeinheit der Umstand, dass zwei überaus attraktive junge Frauen darin wohnten. Was kaum jemand wusste: Die beiden Bewohnerinnen teilten sich den ersten Stock als Wohnung, während im Erdgeschoss ihr Arbeitsplatz war. Im Erdgeschoss befand sich nämlich die Praxis von Frau Dr. med. whip Gabriele Schleifer, einer der beiden Hausbewohnerinnen. Ihre Mitbewohnerin arbeitete als Sprechstundenhilfe in der ganz speziellen Praxis. Die Nachbarschaft der Praxis kam mir sehr entgegen, denn bei bestimmten Problemen suchte ich lieber ihre Praxis auf als die meines langjährigen Hausarztes. Auch heute hatte mich ein Leiden einmal mehr hergeführt.

Ich hatte noch nicht lange im leeren Wartezimmer gesessen, als mich Schwester Isabel, die Sprechstundenhilfe, bereits aufrief. Also betrat ich das Behandlungszimmer, in dem Frau Dr. Schleifer hinter einem kleinen Schreibtisch saß und mich mit professionellem Blick über den Rand ihrer Brille mit den halben Gläsern hinweg musterte. Nach einem höflichen Gruß nahm ich vor dem Schreibtisch Platz.

„Nun, was für Beschwerden haben Sie?", begann Frau Doktor ohne Umschweife die Behandlung.

„Nun, ja, wie soll ich sagen", druckste ich etwas herum und die ganze Erklärung, die ich mir auf dem Weg hierher zurechtgelegt hatte, war wie weggeblasen. Also versuchte ich es mit einer offenen Schilderung meines Problems: „Ich fühle mich in letzter Zeit immer irgendwie müde. Eigentlich müde und lustlos. Ich habe keine Ahnung, warum das so ist, aber irgendwie schaffe ich nichts."

„Was heißt das: ‚Sie schaffen nichts'?"

„Tja, also, das ist so: Ich nehme mir vor, bestimmte Arbeiten zu erledigen, aber meistens fehlt mir dann der richtige Drang zum anfangen", versuchte ich mein Problem zu beschreiben, „Arbeite ich dann doch mal etwas, ist am Feierabend fast nichts fertig, aber ich bin trotzdem hundemüde. Etwa so, als wenn ich stundenlang ununterbrochen Schwerstarbeit verrichtet hätte."

„Wie lange haben Sie denn diese Symptome schon?"

„So richtig bewusst ist mir das Ganze erst geworden, als mich mein Chef auf meine gesunkene Arbeitsleistung angesprochen hat. Das war vor ungefähr vier Wochen. Seitdem bemühe ich mich um eine stärkere Konzentration auf die Arbeit, um dadurch mehr zu schaffen. Das funktioniert aber nicht, an den schlechten Ergebnissen hat sich nichts geändert. Deshalb dachte ich, dass ich vielleicht krank sein könnte und Sie mir helfen können."

„Hm, was Sie sagen, klingt nicht gut", murmelte Frau Doktor mehr zu sich selber, um gleich darauf lauter fortzufahren: „Machen Sie mal Ihren Oberkörper frei."

Nachdem ich Hemd und Unterhemd abgelegt hatte, wurden mein Blutdruck und der Puls gemessen. Anschließend zückte Frau Doktor ihr Stethoskop und hörte mich ab. Die einzelnen

Ergebnisse notierte sie in einer Liste auf ihrem Schreibtisch und garnierte sie mit einigen mir unverständlichen Zeichen. Wahrscheinlich bringen sie einem während des Medizinstudiums den für Laien unverständlichen Strich-Kringel-Code bei, dachte ich bei mir.

Bevor ich weiter über die gemessenen Werte und die Bedeutung der Kringel und sonstigen kryptischen Zeichen nachdenken konnte, forderte mich Frau Doktor auf, mich vollständig auszuziehen.

„Aber doch nicht ganz, oder?", fragte ich schüchtern, denn Frau Doktor ist eine wunderschöne Frau und alleine die Vorstellung, gleich völlig unbekleidet vor ihr zu stehen, sorgte für eine leichte Versteifung in der Hose. Ich wollte auf gar keinen Fall, dass Frau Doktor sie zu sehen bekam, denn das wäre mir doch zu peinlich gewesen.

„Falls Sie Angst haben, dass ich Ihnen etwas wegucken könnte, können Sie von mir aus die Unterhose anbehalten", spöttelte sie, wobei ihre Stimme vor Ironie nur so troff. Damit wurde die Peinlichkeit für mich natürlich noch verstärkt, aber als Spezialistin kann sie sich solche Freiheiten herausnehmen, ohne Patienten zu verlieren. Obwohl ihre Bemerkung meinen Stolz ziemlich hart traf, machte ich dennoch von dem Angebot Gebrauch. Lieber sollte sie mich für prüde oder schamhaft als für notgeil halten.

Nachdem ich also nur noch im Slip vor ihr stand, musste ich zehn Kniebeugen und anschließend zehn Liegestütze machen. Gleich im Anschluss wurden mein Blutdruck und mein

Puls gemessen und die Werte verglichen. Anschließend betrachtete Frau Doktor prüfend mein Gesicht und begann, die Vorder- und Rückseite meines Körpers genauestens abzutasten. Dabei zog sie ihre Stirn immer wieder leicht kraus. Diese kleine Geste war nicht gerade dazu angetan, mich zu beruhigen, aber solange sie nichts Schlimmes aussprach, konnte ich ja hoffen.

Nachdem Frau Doktor mit ihren Untersuchungen fertig war, nahm sie wieder hinter ihrem Schreibtisch Platz und stellte mir zahlreiche Fragen zu meinen täglichen Gewohnheiten, also „Wie viele Stunden schlafen Sie pro Nacht? Wie lang ist für gewöhnlich Ihr Arbeitstag? Was machen Sie für Arbeiten im Haushalt? Wie oft in der Woche haben Sie Sex? Wer leistet beim Liebesspiel die aktive Arbeit?" und noch etliche mehr. Ein Teil der Fragen war verdammt intim, z.B. die Frage nach der Anzahl der Orgasmen und deren Dauer, aber weil es ja um meine Gesundheit ging, beantwortete ich sie alle wahrheitsgemäß. Okay, bei den ganz intimen Fragen bin ich ganz geringfügig von der Realität abgewichen, aber das würde bestimmt keinen Einfluss auf die Diagnose nehmen können. Dafür würde ich aber in den Augen von Frau Doktor nicht ganz so blöd dastehen. Hoffte ich zumindest, denn sie ist eine verdammt attraktive Frau. Aber das hatte ich ja bereits erwähnt.

Nach Beendigung unseres Frage- und Antwortspiels lehnte sich Frau Doktor in ihrem Stuhl zurück und musterte mich scharf: „Nun, die Symptome sind eindeutig, Sie leiden zweifelsfrei an Morbus Faulenzia, einem Trägheitssyndrom, das rasch chronisch werden kann. Mit der richtigen Behandlung sind Sie aber sehr schnell wieder gesund und so leistungsfähig wie eh und je. Es kommt nur darauf an, die richtige Dosierung herauszufinden. Das könnte ein paar Tage dauern, aber sobald wir die richtige Menge kennen, ist die Heilung eine ganz schnelle Geschichte. Keine Sorge", lächelte sie mich aufmunternd an, „das bekommen wir wieder hin! Am besten fangen wir gleich jetzt mit der Behandlung an." In Richtung Wartezimmer rief sie laut nach Schwester Isabel, die sogleich im Türrahmen erschien.

„Ja, Frau Doktor?", fragte sie erwartungsvoll.

Der Blick von Frau Dr. Schleifer wanderte zwischen mir und ihrer Sprechstundenhilfe hin und her, während sie die Behandlung verkündete: „Der Patient bekommt zunächst für die Dauer von einer Woche morgens und abends eine ambulante Behandlung bestehend aus einer leichten Pomassage in Form von fünfzig Hieben mit dem Lederriemen und anschließend eine jeweils einstündige Arbeitstherapie der Intensitätsstufe 3 mit Motivationshilfe. Falls die Behandlung nach zwei Tagen nicht angeschlagen haben sollte", fügte sie mit einem maliziösen Lächeln in meine Richtung hinzu, „werden wir die Dosis der Hiebe erhöhen oder gleich auf den Rohrstock umschalten, vielleicht auch noch die Anzahl der Therapiestunden erhöhen. Sie sollten sich auf jeden Fall eine Woche Urlaub nehmen, den werden Sie brauchen." An Schwester Isabel gewandt fuhr Frau Doktor fort: „Wenn Sie dann bitte gleich die erste Behandlung durchführen würden…"

Mit einer aufmunternden Geste bedeutete mir Frau Doktor, der Schwester unverzüglich zu folgen. Also trottete ich in meinem Slip hinter der Sprechstundenhilfe her in eines der hinteren Behandlungszimmer. Der eng anliegende Kittel mit dem kurzen Rockteil sowie der wiegende Gang von Schwester Isabel ließen mich der Enge in meinem Slip schmerzhaft bewusst werden. Während Schwester Isabel hinter mir die Tür schloss, sah ich mich verstohlen in dem Raum um: In der Mitte stand eine Liege mit einem Lederbezug, an deren Seiten in verschiedenen Abständen Gurte herabhingen. Die der Tür gegenüberliegende Wand wurde von einem breiten Schrank eingenommen, durch dessen Glastüren ich verschiedene Schlaginstrumente erkennen konnte. Für eine genauere Betrachtung des Schrankinhaltes fehlte mir jedoch die Zeit, denn schon ertönte Schwester Isabels Stimme hinter mir: „So, dann wollen wir mal beginnen. Als erstes ziehen Sie bitte Ihr Höschen aus und legen sich dann bäuchlings auf die Liege."

Wieder wurde ich mir der Beule in meinem Slip bewusst und wagte daher zu fragen: „Muss das wirklich sein, geht es nicht auch mit Unterhose?"

„Nein, leider nicht", lachte die Schwester, die ungeniert auf den wahren Grund meines Einwandes schaute, „Sie bekommen ja schließlich auch keine Spritze durch Ihre Hose verpasst."

„Das war ein logisches Argument, gegen das mir keine Erwiderung einfiel. Als ich eine leichte Ungeduld bei der Schwester zu bemerken glaubte, beschloss ich, es hinter mich zu bringen. Also zog ich den Slip rasch aus und beeilte mich, mich auf der Liege auszustrecken.

„Würden Sie Ihr Höschen bitte vom Fußboden aufheben und dort drüben an den Kleiderständer hängen? In unseren Behandlungszimmern können wir keine Unordnung dulden."

Verdutzt schaute ich erst die Schwester an, dann folgte mein Blick ihrem ausgestreckten Arm. Tatsächlich hatte ich meinen Slip in dem Bestreben, möglichst rasch auf der Liege zu sein, einfach fallen gelassen. Nachdem Schwester Isabel noch einen mahnenden Blick in meine Richtung abfeuerte, erhob ich mich und befolgte ihre Aufforderung.

„So", säuselte sie, als ich endlich wieder auf der Liege ausgestreckt war, „nun werde ich Sie fixieren, damit Sie mir nicht während der Behandlung von der Liege hüpfen." Gleich darauf spürte ich einen breiten Ledergurt, der sich fest um meine Hüfte legte. Kurz danach waren auch meine Arme und Beine ruhig gestellt, sodass die Behandlung beginnen konnte.

Schwester Isabel ging zu dem Schrank mit den Glastüren und nahm einen circa drei Zentimeter breiten und vielleicht einen Meter langen Lederriemen heraus. Das eine Ende wickelte sie sich um ihre Hand, während das andere lose herabhing. Nachdem ihre Vorbereitung abgeschlossen war, trat sie an die Liege heran, hob den Arm und ließ den Riemen kraftvoll auf mein nacktes Hinterteil niedersausen. Mit einem satten Klatschen traf er die Haut, die sich sofort rötlich zu verfärben begann. Zwar konnte ich die Rötung nicht sehen, aber aufgrund des sich ausbreitenden leichten Brennens schloss ich, dass er eine sichtbare Spur hinterlassen haben musste. Der Schmerz war stärker, als ich erwartet hatte, aber irgendwie ließ er sich gut aushalten. Nur ein leiser Laut entfuhr mir, aber das, tröstete ich mich, war auf die Überraschung zurückzuführen, weil ich doch noch nicht mit dem Beginn der Behandlung gerechnet hatte. Das gab mir die Hoffnung, dass auch der Rest der Pomassage ähnlich gut verlaufen würde, sodass ich ihr relativ gelassen entgegen sah. Noch während ich darüber nachdachte, ob diese Behandlung wirklich anschlagen und den gewünschten Erfolg bringen könnte, ließ Schwester Isabel den Riemen erneut niedersausen. Diesmal war der Schmerz deutlich intensiver als nach dem ersten Hieb, offensichtlich hatte sie diesmal mehr Kraft hineingelegt.

„Au", entfuhr es mir, „das tut weh!"

„Das muss es ja auch", entgegnete Schwester Isabel ganz sanft, „sonst bleibt die Behandlung doch ohne Wirkung, und das wollen wir doch nicht." Dann ließ sie den Lederriemen wieder durch die Luft schwirren und mit einem erneuten Klatschen auf meinem Gesäß aufprallen. Mir wurde rasch klar, dass der erste Hieb nur eine Art Probeschlag gewesen war, um die Länge des Riemens zu testen. Die nächsten Hiebe waren von ganz anderer Qualität, was mir schmerzhaft bewusst gemacht wurde. Wieder und wieder sauste der Riemen auf meine Kehrseite nieder und brachte die Globen zum Glühen. Das anfangs nur leichte Brennen auf meinen Pobacken steigerte sich schnell und entwickelte sich zu einem wahren Großbrand. Nach dem ersten Dutzend musste er bereits feuerrot glühen, aber die hübsche Schwester kannte kein Erbarmen! Von meinem immer stärker anschwellenden Gejammer vollkommen unbeeindruckt verabreichte sie mir innerhalb kürzester Zeit die volle Dosis von fünfzig Hieben. Mein Hinterteil wackelte hin und her, soweit es die Fesselung zuließ. Anfangs hatte ich das Gefühl, dass durch die Bewegung die Schmerzen gemildert werden, aber nach dem zweiten Dutzend war davon nichts mehr zu spüren. Vielleicht war das mit der Abmilderung durch den Luftzug beim Herumwackeln auch nur bloße Einbildung gewesen. Trotz meiner heftigen Bewegungen traf Schwester Isabel mit jedem Schlag traumhaft sicher ihr Ziel. Meine Hoffnung, dass die letzten Hiebe aufgrund der Anstrengung für sie bestimmt schwächer als die ersten sein würden, erfüllte sich nicht. Im Gegenteil, als hätte sie meine Gedanken erraten, legte sie am Schluss ihre ganze verbliebene Kraft in die Schläge – und sie hatte noch viel Kraft!

Irgendwann war es aber überstanden, die Hiebe hörten auf. Trotzdem zuckte mein Hinterteil noch eine Zeitlang wild hin und her, während mein Verstand auf den nächsten Streich wartete. Erst als längere Zeit keine Hiebe mehr niedergingen, realisierte ich das Ende des ersten Behandlungsteils. Schwester Isabel gönnte mir eine kleine Pause zum Beruhigen, bevor sie mich losband. Dann befahl sie mir, in das direkt angrenzende Behandlungszimmer zu gehen, damit der zweite Teil meiner Behandlung, nämlich die einstündige Arbeitstherapie der Intensitätsstufe 3 mit Motivationshilfe, erfolgen konnte.

Der Raum, in den wir kamen, war vollständig gefliest und erinnerte mich an einen Duschraum in einer Turnhalle, nur deutlich kleiner. Verstärkt wurde der Eindruck noch durch die Toilette und das Urinal, welche sich jeweils an der Längsseite des Raumes befanden. Schwester Isabel deutete auf einen Eimer mit Wasser und eine danebenliegende Zahnbürste in der Zimmermitte und befahl mir in strengem Ton, der nichts mehr mit dem freundlichen Tonfall der Sprechstundenhilfe gemein hatte: „So, jetzt wirst du den Fußboden gründlich putzen! Ich werde dich dabei beaufsichtigen und dich bei der kleinsten Unterbrechung oder Nachlässigkeit mit der Peitsche anspornen!" Noch während sie das sagte, hielt sie plötzlich eine neunschwänzige Peitsche in der Hand. Ich schluckte schwer, denn das Lächeln, das ihre Worte begleitete, ließ keinen Zweifel daran aufkommen, dass sie mit Freude und der gleichen Hingabe, mit der sie bereits den Lederriemen geschwungen hatte, die Peitsche anwenden würde. Also beeilte ich mich, mich auf alle Viere hinab zu lassen und mit der Zahnbürste den Boden zu schrubben. Die ganze Zeit, in der ich meine Tätigkeit verrichtete, spürte ich den prüfenden Blick von Schwester Isabel in meinem Rücken.

Schon bald brach mir angesichts der ungewohnten Arbeit der Schweiß aus, und die Arme begannen zu schmerzen. Der eine, weil ich mit ihm die Zahnbürste schwang und kräftig aufdrückte, der andere, weil ich mich auf ihm abstützte. Von den schmerzenden Knien und dem krummen Rücken ganz zu schweigen! Hinzu kam, dass auch meine Kraft langsam nachließ. Darauf schien Schwester Isabel jedoch nur gewartet zu haben: Sobald ich in meinen Bewegungen langsamer wurde, hörte ich ein giftiges Zischen und spürte gleich darauf den Aufschlag der Peitsche auf meinem Rücken. Manchmal schlug sie auch zu, weil sie der Meinung war, dass ich zu langsam war. Anfangs versuchte ich noch, sie von meiner entgegengesetzten Ansicht zu überzeugen, aber nachdem zweimal nach Widerworten ein wahrer Schwall von Hieben auf mich eingeprasselt war, hielt ich meine Klappe. „Unangenehme Arbeiten müssen schnell und sorgfältig erledigt werden, ohne Gemurre und Genöhle", belehrte mich Schwester Isabel. Sie zwang mich unnachgiebig dazu, meine letzten Kraftreserven aufzuwenden, um die Arbeit am Fußboden zu beenden.

Zum Schluss kamen die Toilette und das Urinal an die Reihe. Während das Putzen des Fußbodens noch ziemlich problemlos war, erwies sich das Reinigen der Toilette als echte Herausforderung! Irgendwer hatte die gesamte Schüssel mit einer übel riechenden, dunklen Schicht bedeckt, von der ich nicht erkennen konnte, was es war. Ich wollte es auch gar nicht wissen! Das Innere der Keramikschüssel sauber zu bekommen, war wirklich eine harte Arbeit. Dazu kamen die häufigen Peitschenhiebe, die keine noch so kleine Arbeitsunterbrechung zuließen. Weil ich die Arbeitstherapie endlich hinter mich bringen wollte und mir deshalb die Arbeit mit der Zahnbürste zu langsam ging, kratzte ich an etlichen Stellen den Schmutz mit den Fingernägeln ab. Mit der Zahnbürste hätte ich den bestimmt nicht abbekommen, so fest saß er! Eine Ekel erregende Arbeit, aber nach einer Zeit angestrengter und konzentrierter Bemühung war auch sie irgendwann überstanden.

Wesentlich glimpflicher kam ich bei dem Urinal davon. Außer ein paar gekräuselten Haaren und einer gelblichen Flüssigkeit war sie nicht verschmutzt. Wäre noch Wasserstein darin gewesen, hätte ich ein echtes Problem gehabt, denn weder meine Fingernägel geschweige denn die Zahnbürste hätten das geschafft.

Irgendwann war die Arbeit jedoch geschafft! Ich wusste nicht, ob die Arbeitstherapie wirklich nur eine Stunde gedauert hatte, aber mir kam sie endlos vor. Mein Rücken schmerzte wegen der unzähligen Peitschenhiebe wie ein Höllenfeuer! Ich wusste auch nicht, wie viele Hiebe ich ,als Aufmunterung' bekommen hatte. Die vom ersten Behandlungsteil, der ,Pomassage', hervorgerufenen Schmerzen auf meinem Hinterteil wurden schon lange von dem Brennen der Peitschenhiebe auf meinem Rücken überlagert.

Nach Abschluss der Therapiestunde führte mich Schwester Isabel wieder in das Behandlungszimmer zu Frau Doktor Schleifer.

„Wie ist die Behandlung gelaufen, hat sie angeschlagen?", erkundigte sie sich bei ihrer Sprechstundenhilfe.

„Die Arbeitstherapie hätte besser laufen können, aber für den Anfang war es gerade noch akzeptabel."

„Nun, ich bin sicher, dass er jetzt, da er die Behandlung kennt, besser darauf ansprechen wird. Oder?" Beim letzten Satz wandte sie sich mir zu und sah mir fest in die Augen.

„J-ja", stotterte ich, „ich werde mich bemühen."

„Na also, geht doch", lobte Frau Doktor mit nun heiterer Stimme, „Heute Abend und an den nächsten Tagen wird Schwester Isabel die Behandlung fortsetzen." An ihre Sprechstundenhilfe gewandt fuhr sie fort: „Wenn beim Patienten Komplikationen wie Renitenz oder Bockigkeit auftreten sollten, lassen Sie es mich bitte umgehend wissen, damit ich die Behandlung anpassen kann."

Während Schwester Isabel zustimmend nickte, entließ mich Frau Doktor mit dem Hinweis, pünktlich um 20 Uhr zur Fortsetzung der Behandlung zu erscheinen. Damit war ich für den Moment entlassen. Schwester Isabel drückte mir meine Kleider einschließlich meines Slips in die Hand und schob mich in das zum Glück leere Wartezimmer hinaus. Dort zog ich mich in aller Eile an und verließ mit schmerzendem Gesäß und brennendem Rücken die Praxis. Dabei spürte ich aber schon, dass die Krankheit Morbus Faulenzia zu besiegen war – und behielt recht! Zwar wurden aus den ursprünglich angedachten fünf Behandlungstagen am Ende zehn, aber dafür strotzte ich am Ende nur so vor Elan und Arbeitseifer. Schon bald stieg, sehr zur Freude meines Chefs, meine Produktivität wieder an und auch die Qualität meiner Arbeit nahm endlich zu. Wann immer sich seitdem ein Rückfall andeutete, suchte ich die Praxis von Frau Doktor Schleifer und Schwester Isabel auf und ließ mich behandeln. Schließlich gibt meine Arbeitsleistung den Behandlungsmethoden von Frau Doktor recht!

Begegnung zweier Welten

Freitagabend in Hannover. Während die letzten Verkäuferinnen nach Hause hasteten, bereiteten sich die Nachtschwärmer langsam auf ihre großen Vergnügungen vor. Für die Polizei war es die ruhigste Zeit, erfahrungsgemäß wurden um diese Uhrzeit kaum Zwischenfälle gemeldet. Das würde sich später am Abend noch ändern, aber bis dahin genossen alle die bekannte Ruhe vor dem Sturm.

***

Es war 19:54 Uhr, als der Notruf in der Polizeizentrale einging.

„Kommen Sie schnell", forderte eine weibliche Stimme, die nach ihrem Tonfall zu schließen zu einer älteren Dame gehörte, „Der Kramer von nebenan verprügelt gerade wieder seine Frau!" Es folgten der Name des Übeltäters, der Straßenname sowie die dazugehörige Hausnummer.

„Wie kommen Sie zu dem Verdacht?", fragte der Wachhabende.

„Das Geräusch von Schlägen ist unverkennbar, außerdem höre ich durch die geöffneten Fenster Schmerzensschreie. Das ist alles ganz eindeutig. Außerdem passiert das nicht das erste Mal, das ist ein ganz fieser Rohling!"

„Gut, Sie sind also eine Nachbarin von Herrn Kramer? Darf ich fragen, wie Sie heißen?"

„Das sage ich nicht", entgegnete die resolute Stimme, „Der Mann ist ganz klar ein Gewalttäter, mit dem will ich keinen Ärger haben. Wer weiß, was der mir antut, wenn er mitbekommt, dass ich ihn angeschwärzt habe. Schicken Sie Ihre Leute her, dann werden Sie schon sehen, was das für einer ist."

„Ich verstehe ja Ihre Bedenken, aber wenn wir Ihren Namen hätten, könnten wir vielleicht später von Ihnen weitere Einzelheiten erfahren, was erfahrungsgemäß für die Klärung sehr hilfreich ist. Außerdem behandeln wir Ihren Namen selbstverständlich streng vertraulich."

„Nein, meinen Namen sage ich nicht! Diese Kriminellen haben doch überall ihre Spione sitzen, da ist es für die doch ein leichtes, meinen Namen herauszubekommen. Mit der Telefonnummer ist es das Gleiche, deshalb bin ich extra zur nächsten Telefonzelle gegangen. Schicken Sie lieber endlich Ihre Leute vorbei, bevor wer-weiß-was passiert!"

„Aber..."

Tut tut tut

Die Verbindung war unterbrochen, die Anruferin hatte aufgelegt. Stirnrunzelnd griff der Wachhabende zum Mikrofon, um eine Streife zur angegebenen Adresse zu schicken: „Zentrale für Wagen 54, hört ihr mich?"

***

Die Besatzung des Streifenwagens 54 bestand an dem fraglichen Freitagabend aus Polizeiobermeister (POM) Frank Lüders und Polizeimeisterin (PM) Silke Tenzel, die erst vor kurzem von einer ländlichen Polizeistation in die Landeshauptstadt versetzt worden war. Die beiden waren noch nicht lange ein Team, aber in der kurzen Zeit hatten sie sich bereits kennen- und schätzen gelernt. Sie ergänzten sich gegenseitig ganz gut, denn während Silke etwas leicht aufbrausend war, verkörperte Frank den ruhigen Gegenpol. Zudem sah PM Silke Tenzel mit ihren langen blonden Haaren unverschämt gut aus, sodass POM Frank Lüders von allen männlichen Kollegen um sie beneidet wurde. Umgekehrt beneideten die weiblichen Polizisten PM Tenzel um ihren männlichen Kollegen. Alles war also wie überall.

Als der Funkspruch von der Zentrale in dem Streifenwagen eintraf, labten sich die beiden Beamten gerade an belegten Brötchen und Kaffee. Eher lustlos griff PM Silke Tenzel zum Mikrophon und bestätigte den Empfang. Gleich darauf erhielten sie den Namen eines etwaigen Schlägers und die Adresse des Ortes eines möglichen Verbrechens. Unwillig bestätigte PM Tenzel den Einsatz, dann stopften sie und ihr Kollege rasch die Reste der Brötchen in sich hinein, warfen die Kaffeebecher in den Mülleimer und fuhren los.

Bei der fraglichen Adresse angekommen, blieben sie zunächst lauschend auf dem Bürgersteig stehen. Nichts, kein Laut war zu hören außer den üblichen Geräuschen der Stadt: Motorenbrummen, Stimmengemurmel, das Scheppern von

Blechdosen, die der Wind vor sich hertrieb, das Bellen von Hunden, die mit missmutig dreinschauenden Menschen Gassi gingen und ähnliches. Von Schlägen oder gar Schmerzensschreien war nichts zu hören.

„Nachschauen müssen wir trotzdem", meinte POM Frank Lüders und trat auf die Haustür zu. Auf sein Klingeln hin wurde die Tür recht schnell geöffnet. Vor den beiden Polizisten stand ein Hüne von fast 1,90 Meter Größe und sicher 130 Kilo Gewicht. Sein kahlrasierter Schädel glänzte hell im Licht und bildete einen guten Kontrast zu der schwarzen Lederweste, die vorne offen war und seinen Bierbauch gut zur Geltung brachte. Seine ebenfalls schwarze Lederhose wurde von einem Gürtel zusammengehalten, der von einer großen goldenen Gürtelschnalle verziert wurde.

„Oh", brachte er angesichts der Polizei überrascht hervor, „Was führt Sie denn hierher?"

„Sind Sie Manfred Kramer?", fragte POM Frank Lüders und versuchte, sich seine Überraschung über den unerwartet sanften Tonfall seines Gegenübers nicht anmerken zu lassen. Als der Mann bejahte, fuhr Lüders fort: „Wir haben den Hinweis bekommen, dass Sie Ihre Frau verprügeln. Können Sie uns dazu etwas sagen?"

„Natürlich", antwortete Kramer freundlich lächelnd. „Meine Frau und ihre Freundin waren heute sehr ungezogen, und da habe ich ihnen bis eben gutes Benehmen eingebläut."

Die beiden Polizisten wechselten einen verblüfften Blick. Der Typ gab den Vorwurf einfach so zu? Das war ja sehr merkwürdig! Um ihre Überraschung noch zu steigern, meinte der Mann: „Kommen Sie doch herein, bestimmt wollen Sie meine Frau und ihre Freundin sehen und sprechen."

„Worauf Sie sich verlassen können", erwiderte PM Silke Tenzel. Sie hasste Männer, die Frauen schlugen.

Der Hausherr geleitete die beiden Polizisten in das Wohnzimmer. Dort befanden sich zwei Frauen auf allen Vieren. Außer einem Hundehalsband waren sie unbekleidet, die vom Halsband ausgehenden Leinen waren um einen Stuhlgriff geschlungen. Kramer griff nach den Leinen und hielt sie fest in einer Hand. Mit der anderen deutete er nacheinander auf die beiden Frauen: „Die Blonde ist Sandra, meine Frau, und die Schwarzhaarige ihre beste Freundin Petra Meyer."

„Stimmt das?", wandte sich Frank Lüders an die beiden Frauen.

„Ja, das stimmt", nickte Sandra Kramer, „Worum geht es denn? Bestimmt hat sich wieder die alte Schnepfe von gegenüber beschwert, richtig? Die hat nichts anderes zu tun als uns nachzuspionieren."

Kramer riss leicht an der Leine: „Na na na, Sandra, was sind denn das für Töne? Darf man so über seine Nachbarin sprechen?"

„Nein, mein Gebieter", murmelte die Angesprochene, „Ich bitte vielmals um Verzeihung!"

„Was soll das denn werden? Lassen Sie die Frau in Ruhe!", schnauzte PM Silke Tenzel, die dem Vorgang verblüfft verfolgt hatte und der langsam der Geduldsfaden riss. „Stehen Sie auf und hören Sie mit dem dämlichen Getue auf!", herrschte sie dann die beiden Frauen an.

Sandra und Petra starrten die Polizistin sichtlich amüsiert an. „Warum sollten wir", fragte Petra schließlich, „Wir waren böse und werden dafür bestraft. Manfred, also Herr Kramer, hat das Recht, uns zu bestrafen, damit wir gute und wohlerzogene Frauen werden." Mit einem Seitenblick auf Herrn Kramer fügte sie hinzu: „Und für das, was Sandra eben über ihre Nachbarin gesagt hat, müsste sie mindestens drei Hiebe mit dem Rohrstock bekommen."

„Ganz recht", nickte Sandra. „die habe ich dafür verdient."

„Später, Täubchen, später", sagte Manfred Kramer sanft.

„Sie-Sie bitten um Schläge?", entfuhr es PM Silke Tenzel verblüfft. Dann erst sah sie die roten Streifen auf den Rücken und Hinterteilen der beiden nackten Frauen. „Was ist das denn", rief sie, „Sind das etwa Striemen?"

„Natürlich", bestätigte Kramer, „Ich habe Ihnen doch gesagt, dass die beiden ungezogen waren und ich ihnen bis eben gutes Benehmen eingebläut habe. Zum Abschluss wollte ich gerade die Nippel der beiden mit Gewichten verzieren und sie in die Ecke stellen, aber wegen Ihres Klingelns bin ich noch nicht dazu gekommen."

„Das, also, das ist ungeheuerlich", rief PM Silke Tenzel aufs höchste erbost.

„Nein", widersprach Kramer, „Das ist nur eine ganz normale Erziehungsmaßnahme unter SM-Anhängern."

„Wir waren wirklich böse und haben die Strafe echt verdient", ergänzte Sandra Kramer, „Aber wir waren absichtlich böse, weil wir bestraft werden wollten. Wir haben es richtiggehend provoziert. Eine Bestrafung tut nämlich wirklich gut und entspannt so schön."

„Schläge sollen entspannen?", fragte PM Silke Tenzel einmal mehr verblüfft zurück, aber dann hatte sie einen Geistesblitz: „Das glauben Sie doch wohl alles selber nicht! Was hat er mit Ihnen gemacht, Sie einer Gehirnwäsche unterzogen?"

„Ganz und gar nicht", antwortete Sandra nun leicht schmollend, „Wir haben nur unsere eigene Art, um uns zu amüsieren. Probieren Sie es doch mal aus!"

„Nein, ganz sicher nicht! Und Sie sollten auch besser mal nachdenken und nicht diesen Blödsinn nachplappern, den Ihnen Ihr so genannter Ehemann eingetrichtert hat."

„Oh, Petra und mir hat er nichts einzutrichtern brauchen, wir hatten die devote Neigung schon als wir ihn kennen gelernt haben. Wir mussten ihn allerdings wirklich ganz schön lange überreden, bis er auch Petra mit einbezogen hat. Aber ich glaube, Sie sind bloß voreingenommen, weil SM für Sie etwas Unbekanntes ist. Das macht Ihnen Angst, also machen Sie es schlecht. Sie sind voreingenommen, das ist alles. Probieren Sie es doch einfach mal aus, vielleicht gefällt es Ihnen ja! Falls nicht, haben Sie es eben ausprobiert und können sich ein Urteil erlauben, aber ohne vorheriges eigenes Ausprobieren einfach so Klischees nachplappern ist nicht nett."

Bevor PM Silke Tenzel etwas erwidern konnte, ergänzte Petra: "Kommen Sie doch nach Ihrem Dienst einfach bei uns vorbei, die Adresse haben Sie ja. Für Ihre bislang gemachten Äußerungen hätten Sie einen ordentlichen Hinternvoll verdient. Außerdem würden Sie staunen, wie herrlich entspannt Sie danach wären – und erleichtert, denn der Orgasmus kommt fast von alleine."

Während die beiden Sklavinnen in Gelächter ausbrachen, wurde PM Silke Tenzel zornesrot. Manfred Kramer griff deshalb rasch ein: „Bitte entschuldigen Sie die beiden, sie sind heute etwas übermütig. Ich werde mich aber gleich darum kümmern. Mit einem haben die beiden aber recht: Sie können gerne jederzeit vorbeikommen und sich persönlich überzeugen, dass alles mit rechten Dingen und vor allem freiwillig und ohne Zwang abgeht. Sie müssen ja nicht gleich mitmachen, Sie können auch einfach nur dasitzen und zuschauen. Wenn es Ihnen dann doch gefallen sollte, können Sie jederzeit einsteigen."

POM Frank Lüders hatte sich bisher im Hintergrund gehalten, aber als er das vor Zorn hochrote Gesicht seiner Kollegin sah, glaubte er eingreifen zu müssen: „Nun ja, vielen Dank für das Angebot an meine Kollegin. So wie ich die Sache sehe, geschieht hier alles auf freiwilliger Basis, an dem Hinweis auf Körperverletzung ist also nichts dran. Wir werden daher jetzt gehen und Sie wieder Ihrem Spiel überlassen. Aber vielleicht sollten Sie vor der Fortsetzung die Fenster schließen und die

Jalousien herunterlassen, damit nicht noch jemand von einem Verbrechen ausgeht."

Damit wandte sich POM Frank Lüders zum Gehen. PM Silke Tenzel folgte ihm nur widerwillig und mit mühsam unterdrückter Wut. Man sah ihr an, dass sie das Ehepaar Kramer und dessen Freundin am liebsten verhaftet hätte.

Manfred Kramer und die beiden Sklavinnen begleiteten die beiden Polizisten bis zur Tür, wobei die beiden Frauen brav auf allen Vieren krochen und sich von ihrem Herrn an der Leine führen ließen.

„Dann hoffentlich auf bald", sagte Sandra zu PM Silke Tenzel, „Überlegen Sie es sich ruhig noch mal, etwas Entspannung würde Ihnen gut tun, das sehe ich Ihnen doch an. Sie sind uns immer willkommen!"

„Na vielen Dank auch", fauchte die Beamtin zurück. POM Frank Lüders grüßte die drei SM'ler freundlich und ging zum Streifenwagen zurück. Als er mit seiner Kollegin wieder im Wagen saß, schimpfte diese: „Von wegen, ich hätte Entspannung nötig. Ich bin entspannt! Und dann dieser Quatsch mit Schlägen zur Entspannung. Die sind doch nicht ganz dicht, die gehören in die psychiatrische Klinik!"

„Nun mach mal halblang und beruhige dich wieder", versuchte ihr Kollege sie zu besänftigen, „Diese Leute leben in ihrer Privatsphäre nach ihren eigenen Regeln. Das ist eine eigene Welt, die wir nicht verstehen können oder wollen. Im Grunde sind sie harmlos und tun niemandem etwas zuleide."

„Ach nein?", höhnte PM Tenzel, „Was ist denn mit den Striemen? Die Frauen wurden ausgepeitscht und zwar ganz gehörig! Von wegen ‚Die tun keinem was'."

„Untereinander fügen sie sich schon Schmerzen zu, aber nur im gegenseitigen Einvernehmen. Es gibt Grenzen, die keiner überschreiten würde, weil alles auf Vertrauen aufgebaut ist. Gewöhn dich an diese Leute, es gibt in dieser Stadt noch viele von ihrem Schlage."

„Das ist pervers, dagegen muss es doch ein Gesetz geben!"

„Im Falle der Kramers und ihrer Freundin höchstens das Tierschutzgesetz", meinte POM Frank Lüders trocken, „Aber die Haltung der beiden Frauen sah für mich ziemlich artgerecht aus." Aus den Augenwinkeln bemerkte er den eisigen Blick seiner jungen Kollegin und wusste, dass es eine sehr komplizierte Schicht werden würde.

Leidenschaft in Fesseln

Es war ein normaler Freitag am Ende einer gewöhnlichen Arbeitswoche, und wie so oft hingen pünktlich zum Wochenende dunkle Regenwolken am Himmel. Anja war jedoch schon so in ihrer Vorfreude auf das Wochenende versunken, dass sie die schwarzen Wolken nicht einmal zu bemerken schien. Wie an jedem Freitag war sie gegen Mittag vom Büro ins Wochenende gestartet, einer der wenigen Vorteile, die eine Beschäftigung im öffentlichen Dienst noch bot. Da sie alleine wohnte, waren ihre Einkäufe rasch erledigt und weggeräumt. Auch die Wohnung hatte sie rasch geputzt, was nichts mit Zauberei zu tun hatte: Da sie sehr ordentlich war und immer alles gleich wegräumte oder erledigte, gab es keine herumliegenden Gegenstände oder gar einen unerledigten Abwasch. Ein Großputz war daher eigentlich entbehrlich. Sie machte ihn eigentlich auch nur, weil sie von zu Hause gewohnt war, dass man freitags die Wohnung putzt.

Da Anja in den Augen ihrer Umwelt als Single galt und zudem mit ihren pechschwarzen Haaren sowie der gertenschlanken Figur ein besonders hübsches Exemplar der Kategorie Frau war, hatte sie auch wieder für dieses Wochenende einige Einladungen aus dem Kollegen- und Bekanntenkreis erhalten. Wie immer hatte sie die Offerten freundlich, aber bestimmt abgelehnt. Nur wer sie genau kannte und zudem sehr genau hinschaute, konnte hinter dem freundlichen Bedauern der Ablehnung ihre wahren Gefühle erkennen: Ein

Gemisch aus Langeweile und Belustigung. Im Kollegenkreis gab es jedoch niemanden, der ihre wahren Gefühle auch nur erahnen konnte. Bis auf einen: Thomas, ihr Kollegen aus dem Planungsbereich. Aber der schwieg, und das aus gutem Grund.

Obwohl Anja im Büro verkündet hatte, sich am Wochenende einmal gründlich ausruhen und nicht weggehen zu wollen, bereitete sie sich dennoch am späten Freitagnachmittag auf ein erlebnisreiches Wochenende vor: Zunächst duschte sie lange und ausgiebig, wobei ihre Phantasie immer wieder in eine Welt hinüber glitt, in der Demütigungen, Erniedrigungen und Schläge fester Bestandteil des Daseins waren. Sie konnte sich aber trotz oder gerade wegen ihrer überschäumenden Phantasie nie für eine Seite entscheiden, und so switchte sie hin und her und übernahm je nach Lust und Laune mal die eine, mal die andere Rolle: Einen Tag war sie die autoritäre Herrscherin über männliche Untertanen, am nächsten Tag die geschundene Sklavin, um am folgenden Tag von einem Dasein als Dompteuse eines männlichen Hengstes zu träumen.

Noch während das warme Wasser der Dusche ihren Körper hinab floss und die Reste des Duschgels hinwegspülte, war Anja in ihrer Traumwelt gefangen. Völlig gedankenverloren vergaß sie das Jetzt und Hier, durchlebte sie ihre Phantasie in aller Ausgiebigkeit. Plötzlich begann sie zu stöhnen und wand sich voller Ekstase in der engen Duschkabine ihres Badezimmers. Erst als der warme Liebessaft aus ihrer Lusthöhle lief und sich mit dem warmen Duschwasser, das schon minutenlang unablässig auf sie niederprasselte, vermischte, erwachte sie aus ihrem tranceähnlichen Zustand. Entsetzt stellte sie fest, dass sie sich einem Tagtraum hingegeben hatte, in dessen Verlauf sie ihrer Lust gefrönt hatte. Hektisch wanderte ihr Blick zur Uhr hinüber, die sie gut sichtbar abgelegt hatte. Ein kurzer Blick ließ Anja beruhigt feststellen, dass sie noch genügend Zeit hatte. Dennoch konzentrierte sie sich nun ganz auf ihre Verrichtungen: Zunächst duschte sie zu Ende und trocknete sich dann gründlich ab. Anschließend widmete sie sich voller Hingabe ihren Schminkutensilien und unterzog alles einer kritischen Prüfung. Es dauerte lange, bis sie sich entschieden hatte, aber sie fand etwas in ihren Augen Passendes und trug einen dezenten Hauch von Schminke sowie Lippenstift auf. Anschließend suchte sie sehr lange nach passender Kleidung, denn sie wollte mehr als nur hübsch aussehen: Ihr schwebte eine Mischung aus unschuldigem Engel und männermordenden Vamp vor. Es fiel ihr nicht leicht, in dem prall gefüllten Kleiderschrank Sachen zu finden, die ihren Ansprüchen genügten. Das war bei Anja aber nichts Ungewöhnliches und völlig normal.

Nach langem Hin und Her hatte sie sich schließlich für einen rosafarbenen Slip mit mehr Spitze als Stofffläche und einem dazu passenden Büstenhalter entschieden. Über das Höschen zog sie eine schlichte schwarze Strumpfhose. ‚Diese Verbindung', dachte Anja, ‚dürfte den naiv-unschuldigen Part unterstreichen, denn schon Oma hat immer gesagt: „Eine sittsame Strumpfhose ohne Muster zeugt von einem anständigen Mädchen." Und Oma hatte immer recht.' Bei dem Gedanken an ihre Großmutter und deren Vorstellungen von Anstand und Sitte verzogen sich Anjas Mundwinkel zu einem freundlichen Grinsen.

Viel Zeit für weitere Gedanken an ihre Oma blieb ihr allerdings nicht, denn noch stand die Suche nach der Oberbekleidung aus! Wieder begann eine intensive Suche, bei der wohl jeder Mann schon nach fünf Minuten eine Krise bekommen hätte. Anja probierte etwas an, aber nur, um es gleich zu verwerfen und wieder in den Tiefen des Kleiderschranks zu verschwinden. Wenn sie dann endlich wieder auftauchte, rannte sie zum Spiegel, um das Spiel erneut zu beginnen. Es dauerte lange, bis sie sich schließlich für eine weiße Bluse mit tiefem Dekolletee entschieden hatte, das ihren Büstenhalter fast vollständig offenbarte – was übrigens nicht nötig gewesen wäre, weil er sich so deutlich unter der Bluse abzeichnete, dass seine Spitzeneinsätze deutlich erkennbar waren. Über den Slip und die Strumpfhose zog sie einen Minirock, dessen schwarze Farbe einen wunderbaren Kontrast zur Bluse abgab. Zudem handelte es sich um einen Faltenmini, sodass der Stoff bei jeder kleinen Bewegung mitschwang und ihre Beine umspielte. Bei der letzten Betriebsfeier hatte sie ihn auch getragen, und alle Männer hatten auf den Rock gestarrt in der Hoffnung, dass er sich irgendwann im Laufe des Abends so weit heben würde, dass sie für einen Sekundenbruchteil ihr Höschen würden sehen können. Da sie dieses Verhalten kannte, hatte sie sich an jenem Abend besonders oft und schnell umgedreht – und von vornherein auf ein Höschen verzichtet. Das zwangsläufig folgende Getuschel der Kolleginnen und Kollegen hatte sie und Thomas, der Anja ständig über den aktuellen Stand des Klatsches unterrichtet hatte, die ganze folgende Woche sehr erheitert.

Als Anja endlich mit dem Ankleiden fertig war, standen die Uhrzeiger kurz vor 18 Uhr – der schöne Teil des Wochenendes würde also gleich beginnen! Vor lauter Vorfreude begann ihr Herz laut zu klopfen und schließlich hatte sie das Gefühl, dass es zu rasen begann. Sie zwang sich zur Ruhe, aber ihre Aufregung wuchs. Was würde sie diesmal erwarten? Thomas hatte etwas von ‚Deinen größten Traum erfüllen' gemurmelt, aber wie immer hatte er sich nicht dazu verleiten lassen, ihr einen Tipp zu geben. Nun, in wenigen Minuten würde sie wissen, was er gemeint hatte, und, was noch viel wichtiger und schöner war: Es real erleben.

Aber noch war es nicht soweit. Quälend langsam bewegte sich der Sekundenzeiger vorwärts, schwerfällig verschob sich der Minutenzeiger. Anjas Blick klebte fast am Ziffernblatt, während ihr Herz bis zum Halse klopfte. Dann endlich war es soweit: Das Ziffernblatt zeigte 18 Uhr! Anja wollte gerade automatisch zur Tür gehen, als sie bemerkte, dass etwas nicht stimmte: Dann fiel ihr die Anomalie auf: Es hatte niemand geklingelt! Dabei hätte genau das um diese Zeit passieren sollen. ‚Komisch', dachte sie, ‚Thomas ist doch sonst immer die Pünktlichkeit in Person.' Während sie unschlüssig im Flur stand, überschlug sie im Kopf die möglichen Ursachen. Am

wahrscheinlichsten erschien ihr ein Problem bei der Park-
platzsuche.

Es verstrichen mehrere Minuten, die das Warten für Anja
fast unerträglich machten. In ihrem Kopf rasten mit jeder ver-
strichenen Minute die Gedanken, warum nicht endlich das
ersehnte Klingeln der Türglocke erschallte. Inzwischen war es
18:10 Uhr, so spät war er noch nie gekommen. War heute der
falsche Tag? Oder ging ihre Uhr falsch? Rasch überprüfte sie
alle Möglichkeiten, aber alles war wie vereinbart. Anja war nun
gleichzeitig aufgeregt, ratlos und unruhig – kurzum: Ein Nervenbündel.

Um exakt 18:37 Uhr ertönte endlich der ersehnte Klang der
Türglocke. Ihr schriller Ton ließ Anja im ersten Moment zu-
sammenfahren, aber gleich darauf hatte sie sich wieder im
Griff, rannte zur Tür und riss diese mit einem Ruck auf. Noch
bevor sie auch nur eine Silbe hatte sagen können, spürte sie
einen heftigen Stoß gegen ihren Oberkörper, der sie zurück-
taumeln ließ. Noch bevor sich Anja von ihrer Überraschung
erholt hatte, wurde sie herumgewirbelt und ihre Hände mit
Handschellen auf dem Rücken gefesselt. Vor ihr stand ein
Mann, den sie kannte, der ihr sympathisch war – und wegen
dessen Verspätung sie gerade zum Nervenbündel geworden
war. An seinem Grinsen konnte sie ablesen, dass Thomas
genau diesen Effekt erzielen wollte.

Nachdem sich Anja für einen Moment dem Gefühl der Erleichterung hingegeben hatte, registrierte sie ihre gefesselten
Hände. Zugleich wurde ihr die derbe Begrüßung bewusst.

Nach ihrer Absprache war er heute der dominante Teil, aber offensichtlich wollte er nicht das Spiel ‚Herr und Haussklavin' spielen, sondern sie ‚unterwerfen'. Plötzlich fiel es ihr wie Schuppen von den Augen: Vor gut zwei Wochen hatte sie Thomas erzählt, dass sie ein paar Nächte zuvor von ihrer Vergewaltigung geträumt und beim Aufwachen festgestellt hatte, dass sie davon total erregt gewesen sei. Seitdem hatte sie diese Vorstellung fasziniert. Offensichtlich setzte Thomas diesen Traum nun in die Realität um.

‚Na schön', dachte Anja, ‚Dann sieh mal zu, wie Du mich gezähmt bekommst!' Ein Grinsen unterdrückend tat sie, was er offensichtlich von ihr erwartete: „Was soll das?", fauchte sie ihn barsch an. Dabei ignorierte sie, dass es sich um ihren Arbeitskollegen Thomas handelte, mit dem sie schon seit rund zwei Jahren im Geheimen ein Paar und damit per 'Du' war. „Sind Sie verrückt geworden, hier einfach so einzudringen?"

Kaum hatte sie die Worte ausgesprochen, als zwei harte Ohrfeigen auf ihren Wangen verspürte: „Schnauze, Babe", herrschte Thomas sie an. „Ich rede und Du spurst! Wenn nicht, setzt es was, und zwar ordentlich. Du Miststück machst schon seit Monaten die ganze Nachbarschaft scharf, lässt Dich aber auf nichts ein. Jetzt ist Schluss damit, jetzt wirst Du rangenommen!"

Anja riss mit gespieltem Entsetzen die Augen auf, während sie vor Freude innerlich jubelte! Der Mann wusste, wie er sie heiß machen konnte.

Thomas seinerseits registrierte ihre Freude. Seitdem Anja ihm voller Begeisterung von dem Traum berichtet hatte, war die Idee in seinem Kopf gewesen, das Geträumte als Grundlage für eines ihrer Spiele zu nehmen. Er hatte lange an einem Plan zur Umsetzung gefeilt, und nun war es soweit.

Noch während Anja in Gedanken über die Erfüllung ihres Traumes jubilierte, trat Thomas auf sie zu, packte die Knopfleiste ihrer nur halb zugeknöpften Bluse und riss diese mit einem Ruck vollständig auf. Ein hässliches Reißen verkündete die Niederlage der wenigen geschlossenen Knöpfe, die nun wild und unbeachtet durch die Gegend flogen. Dafür bekam Anjas Büstenhalter, der ohne die eher symbolische Bedeckung durch die Bluse nun ungehindert seine optische Pracht entfalten konnte, für einen Moment die volle Aufmerksamkeit von Thomas. Lange währte diese Beachtung jedoch nicht, denn Anjas Brustwarzen waren erkennbar steif geworden und drückten voller Erregung gegen die dünne Spitze der Körbchen. Mit einem langen, wohlgefälligen Blick betrachtete er Anjas Vorbau und die Reaktion ihrer Brustspitzen.

Anja wurde von ihren Gefühlen hin- und her gerissen: Einerseits hatte sie davon geträumt, von Thomas mit gespielter Gewalt genommen zu werden, aber nun, bei der Realisierung, verspürte sie ein leises Bedauern wegen ihrer zerrissenen Bluse. Was würde wohl noch alles kaputt gehen?

Während Anja diesem Gedanken nachhing, stand Thomas nur wenige Schritte von ihr entfernt und betrachtete die Frau, die für ihn die Personifizierung seiner Träume war. Wie lange

hatte er von einer solchen Frau geträumt, die seine Leidenschaft für den SM mit der gleichen Begeisterung teilte! Seine
Gedanken schweiften ab zu ihrem ersten ‚normalen' Zusam-
mentreffen und der weiteren Entwicklung bis hin zu ihrer geheimen SM-Beziehung.

Nach einigen Minuten riss sich Thomas von seinen Gedanken los und trat so dicht an seine Traumfrau heran, dass sie
seinen Atem auf ihrem Hals spüren konnte. Dann streichelte
er langsam ihre Brüste, was zwischen Anjas Beinen zu einem
sehr angenehmen Kribbeln führte. Genießerisch schloss sie
die Augen und gab sich ganz dem wohligen Gefühl der Erregung hin, wohl wissend, dass es an diesem Wochenende
noch ganz andere Genüsse als Streicheleinheiten geben würde.

Plötzlich hörte das Streicheln abrupt auf. Bevor Anja aber
das Ende der Zärtlichkeit so richtig begriffen hatte, spürte sie
eine schnelle Bewegung hinter sich. Ehe sie sich versah, hatte
Thomas ihren BH so zerschnitten, dass er ihn trotz ihrer gefesselten Hände mühelos entfernen konnte. Nun waren Anjas
Brüste seinen gierigen Blicken schutzlos ausgeliefert. Während sich sein Blick für einen Moment gierig an ihrer üppigen
Oberweite festsaugte, traten Anja Tränen in die Augen: ‚Er hat
einen meiner schönsten BHs zerschnitten', ging es ihr ungläubig durch den Kopf. Nach der Bluse nun der BH – beide Teile
waren alles andere als preisgünstig gewesen, und wenn das
so weiterging, würde es ein teures Wochenende werden.

Noch während Anja wegen des Verlustes eines zweiten Kleidungsstückes binnen kürzester Zeit nach Fassung rang, begnügte sich Thomas nicht mehr mit dem Anstarren ihrer nackten Brüste. Mit raschen Bewegungen hob er die wie erstarrt dastehende Frau hoch und trug sie wie ein Bräutigam seine Braut in das Schlafzimmer. Dort ließ er Anja auf das breite Bett fallen und rollte sie auf den Bauch. Rasch setzte er sich auf ihre Beine, bevor er die Handschellen löste, aber nur, um ihre Hände sofort am Bettgitter anzuketten. Anja bemerkte es nicht einmal, zu sehr war sie noch in Gedanken bei den Rechnungen für die beiden Kleidungsstücke!

Mit einem kurzen Kopfschütteln vertrieb sie plötzlich diese unnützen Gedanken. Noch während sie anschließend überlegte, wie es nun wohl weitergehen würde, hockte sich Thomas neben sie, schob den Rock hoch und zerrte die Strumpfhose herunter. Dabei verrutschte auch ihr Slip, sodass jetzt der halbe Po entblößt war. ‚Hoffentlich geht nicht noch mehr kaputt!‘, schoss es Anja durch den Kopf. Gleich darauf tadelte sie sich selber für diesen albernen Gedanken und schalt sich eine dumme Kuh. Schließlich hatte sie doch genau dieses Erlebnis gewollt! Also musste sie auch die Konsequenzen tragen. Trotzdem ärgerte es sie insgeheim, gute und vor allem teure Sachen angezogen zu haben.

Thomas verschwendete indes keinen Gedanken an die Preise der von ihm zerstörten Kleidungsstücke. Er hatte inzwischen Anjas Entblößung vollendet. Mit vor Erregung leicht zitternder Hand streichelte er ausgiebig ihre intimsten Stellen.

Trotz seiner zunehmenden Erregung beobachtete er ängstlich jede ihrer Regungen und Bewegungen. Dieses Spiel war anders als die üblichen Spiele, die sie miteinander trieben. Gerade aus dieser Ungewöhnlichkeit war der unbeschreibliche Reiz, der ihn gefangen hielt, zur Umsetzung dieses Spiels entstanden. Aber gerade dieses nichtalltägliche Spiel beinhaltete die Gefahr, dass er ungewollt eine Grenze überschritt und dadurch ihrer Beziehung einen Schaden zufügen konnte. Für einen Moment ging ihm der Gedanke, dass sein Plan vielleicht doch zu gewagt für eine Umsetzung ohne vorhergehende Absprache sein könnte, durch den Kopf.

Bevor er aber weiter ins Grübeln verfallen konnte, spürte er die Ansätze ekstatischer Bewegung neben sich. Offensichtlich genoss Anja seine erst unsicheren, dann immer kräftiger werdenden Berührungen in ihrem Intimbereich. Sie spürte in ihrem Leib die erwachende Lust und die zunehmende Feuchtigkeit in ihrer Lustgrotte. Wohlig begann sie zu schnurren, gab sich mit geschlossenen Augen der Situation hin. Auch Thomas spürte nun Nässe in seiner Hose und wusste, dass sich der Vorsamen als Zeichen seiner eigenen sexuellen Lust seinen Weg bahnte.

„Na, Schätzchen, macht Dich das geil?", fragte er und schluckte unmerklich schwer.

Als Anja nicht sofort antwortete, ließ er seine Hand mehrmals kräftig auf ihr Gesäß niedersausen.

„Au, das tut weh!", protestierte sie, während die Schläge ihre Erregung sofort potenziert hatten.

„Ich habe Dich was gefragt", schnauzte er sie an.

„Nehmen Sie Ihre dreckigen Pfoten von mir weg!" Anja provozierte ihn ganz bewusst, denn endlich entwickelte sich das Spiel weg von der Vanilla-Variante in die gewünschte Richtung.

Wie von ihr erhofft, reagierte Thomas auf diese Aufsässigkeit mit weiteren Schlägen auf ihr Gesäß. „Na, wie gefällt Dir das? Und das? Und das?" Jedem Satz folgte ein kräftiger Schlag.

Anja machten die Schläge nicht viel aus, schließlich war sie viel härtere Sachen gewohnt. Aber hier war sie in der Rolle einer überfallenen Hausfrau, also wand sie sich spielerisch unter seinen Schlägen und gab ein paar Schmerzenslaute von sich, wobei es ihr schwer fiel, ein Grinsen zu unterdrücken.

‚Du Luder', dachte Thomas, der sie durchschaut hatte, ‚Du veralberst mich! Na warte!' Dabei legte er noch mehr Kraft in die nächsten Schläge, bevor er seine Frage laut wiederholte: „Na, macht Dich das geil?"

Sie hielt ihn bewusst noch etwas hin, bevor sie fast unhörbar ein „J…ja, es macht mich geil", hauchte.

„Braves Mädchen!", lobte er. Gleichzeitig war er erleichtert, dass er mit dem Schlagen aufhören konnte, denn seine Hand schmerzte wahrscheinlich mehr als ihr Gesäß. ‚Ich muss meine Hand mehr trainieren', ging es ihm durch den Kopf. Dann zog er ihr widerstandslos endgültig Rock, Strumpfhose und Slip aus. Vollkommen nackt lag Anja nun auf dem Bauch, die Hände am Kopfende des Bettes angekettet. Ihr Gesäß war von den Schlägen mit der flachen Hand leicht gerötet, aber sie bemerkte weder den leichten Schmerz noch die sich ausbreitende Wärme. Zu lange schon widmete sie sich dem SM, so dass diese Maßnahme für sie nur eine Aufwärmübung war. Sie wusste, dass Thomas über ein reichhaltiges Sortiment an Strafinstrumenten verfügte, und war gespannt, wie es nach diesem Auftakt weitergehen würde.

Lange brauchte sie nicht zu warten, denn schon kehrte er mit einer mitgebrachten Tasche zurück, der er ein Lederpaddle entnahm.

„So, Schätzchen", meinte er grinsend, „Jetzt beginnt deine Lektion in Sachen ‚Gutes Benehmen'. Ich werde dir mit diesem Ding", dabei hielt er ihr das Paddle vors Gesicht, „solange den Arsch versohlen, bis du darum bittest, von mir gefickt zu werden. Alles klar?"

„Arschloch!"

„Okay, du Kratzbürste, dafür gibt es hinterher noch zehn Extrahiebe!" Innerlich grinste er vor Freude, denn insgeheim hatte er die Sorge gehabt, dass Anja die für ihre Spiele ungewöhnliche Obszönität seiner Worte ablehnen würde. Dadurch, dass sie auf seine Sprache einging, signalisierte sie ihm ihre Zustimmung. ‚Es geht eben nichts über ein blindes Verständnis', dachte er noch. Dann hockte er sich neben Anja auf das Bett und ließ das Paddle arbeiten. Hieb auf Hieb sauste es herab, färbte die Sitzfläche schnell rot und ließ ihr Gesäß diesmal wirklich ein wenig tanzen. Durch die vielen früheren SM-Sitzungen war sie aber einiges gewohnt und daher härter im Nehmen, als ein zufälliger Zuschauer ihr zutrauen würde. Thomas leistete gute Arbeit, aber Anja hielt lange dagegen. Sie liebte den auftretenden Schmerz und die steigende Hitze, die in Wellen ihr Gesäß überschwemmte. Außerdem wollte sie es Thomas nicht zu leicht machen, also genoss sie die Schläge, während ihm vor Aufregung und Anstrengung die ersten Schweißtropfen auf die Stirn traten und sein Arm langsam müde wurde. Trotzdem machte er weiter und wechselte zwischendurch den Schlagarm. Er wusste, dass er nicht aufgeben durfte, denn dann wäre das Spiel wegen des Autoritätsverlustes vorüber gewesen, noch bevor es richtig begonnen hatte.

Da Thomas nicht aufgeben durfte und Anja ihn möglichst lange zappeln lassen wollte, dauerte es sehr, sehr lange, bis sie schließlich doch um Gnade bat.

„Du weißt, wann ich aufhören werde", entgegnete Thomas barsch und bemühte sich, dabei nicht vor Anstrengung zu keuchen, „Also sag es oder leide weiter!"

„Niemals!"

Innerlich fluchend machte sich Thomas wieder daran, ihr Gesäß mit dem Paddle zu bearbeiten. Nach einer weiteren gefühlten Ewigkeit waren Anjas Nehmerqualitäten schließlich aber doch erschöpft. Die Schmerzen wurden immer unangenehmer und die Hitze fühlte sich an wie ein gewaltiges Flammenmeer. Es war genau das Gefühl, das sie so sehr liebte. Ihre Lust hatte sich durch die Bestrafung unablässig gesteigert, und ihre Lustgrotte verlangte dringend nach Erleichterung. Um Thomas für seine Anstrengung zu entschädigen, presste sie ein paar Tränen hervor und erweckte damit den Eindruck der gebrochenen Frau. Unter improvisiertem Heulen tat sie, was er verlangt hatte, und bat darum, genommen zu werden.

Thomas nahm ihre Worte dankbar zur Kenntnis und hörte sofort mit dem Schlagen auf. Er atmete mehrmals tief durch und begann dann, sich auszuziehen. Anja beobachtete ihn dabei aus den Augenwinkeln und konnte trotz ihrer passiven Situation einen gewissen Besitzerstolz nicht unterdrücken: Thomas und sein sportlicher Körper gehörten ihr, weil nur sie ihm das geben konnte, was er wollte und brauchte. Keine noch so perfekt gestylte Vanilla-Tussi würde ihr diesen Mann wegnehmen: Viele hatten es bereits versucht, aber er hatte sie alle abblitzen lassen. So, wie sie die männlichen Kollegen abwimmelte.

Während sie in Gedanken die enttäuschten Gesichter der Kollegen vor sich sah und beinahe Mitleid mit ihnen empfand, war Thomas unbemerkt hinter sie getreten. Ohne Vorankündigung hob er ihren Unterleib soweit in die Höhe, bis sie schließlich auf ihren Knien lag. Gleich darauf spürte sie sein steifes Glied am Eingang ihres Heiligtums, bemerkte die Macht, mit der er Einlass begehrte. Sie fühlte ihre eigene Erregung, die Hitze der Lusthöhle, fühlte das Rauschen ihres Liebessaftes. Für einen kurzen Moment erwog sie, seinem Eindringen etwas Widerstand entgegenzusetzen, um ihn zu reizen und ihre beiden Erregungen noch weiter zu steigern. Aber mit rasender

Geschwindigkeit hatte die sexuelle Gier vom Rest ihres noch funktionierenden Verstandes Besitz ergriffen, und Anja kapitulierte vor der Lust.

Auch das Gehirn von Thomas war nur noch lustgesteuert, hatte jegliches Gefühl für Logik verloren. Ungestüm und lustumnebelt stieß er mit seiner Liebeslanze vor und ließ sie in ihr Heiligtum eindringen. Da sie keinen Widerstand leistete, war ihre Lusthöhle im Handumdrehen erobert. Nun vereinigten sich die von ihrem versohlten Gesäß ausgehenden Schmerzen mit der unverhohlenen Gier nach wildem Sex zu einem einzigen, animalisch anmutenden Lustempfinden. Anja ließ sich mental fallen und genoss diese einzigartige Gefühlsmischung, während Thomas mit ebenso viel Genuss seinem archaischen Urtrieb freien Lauf ließ.

Als die beiden endlich ihre Lust befriedigt hatten, lagen sie lange auf dem Bett und ruhten sich aus. Ihre Säfte bildeten währenddessen einen großen, feuchten Fleck auf dem Laken, bevor sie schließlich in der Matratze versickerten. Als Anja und Thomas schließlich wieder halbwegs bei Sinnen waren, benutzte er wie selbstverständlich ihr Badezimmer und duschte ausgiebig. Anschließend erlaubte er Anja, unter seinen wachsamen Augen ebenfalls zu duschen.

Angesichts der inzwischen fortgeschrittenen Zeit wurde Anja nach einem kleinen Imbiss für die Nacht in Rückenlage an Händen und Füßen an das Bett gekettet. Während Thomas sie fürsorglich zudeckte, spürte sie auf Grund ihrer Lage das leichte Brennen der Schläge auf ihrem Gesäß intensiver. Gerne hätte sie sich auf den Bauch gelegt, aber das erlaubte er ihr nicht. So war die Nacht für Anja in mehrfacher Hinsicht unbequem, denn neben dem von der Liegeposition verstärkten Brennen ihres Hinterteiles konnte sie wegen der Fesseln nicht ihre bevorzugte Schlafhaltung einnehmen. Zudem spürte sie bis zu ihrem Einschlafen seine Hand auf ihrer rechten Brust, die er mal sanft massierte, dann wieder liebevoll bis heftig knetete. Das Gefühl des Ausgeliefertseins und der jederzeitigen Verfügbarkeit ihres Körpers für seine Gelüste löste erneut das wohlbekannte, angenehme Kribbeln in ihr aus. Sofort erwachte die Geilheit in ihr, und leise stöhnend bewegte sie ihren Unterleib.

„Gib Ruhe!", war alles, was Thomas dazu sagte. Als Anja jedoch teils unabsichtlich, teils provozierend mit dem Stöhnen fortfuhr, stand Thomas schließlich auf und verpasste ihr einen Mundknebel, dessen rote Silikonkugel in ihrem Mund sanft im Schein des Mondes schimmerte. Gefesselt und geknebelt verbrachte sie nun die Nacht, in der sie vor Erregung nur wenig Schlaf fand. Der Anfang des Spiels war sehr viel versprechend gewesen, und Anja konnte die Fortsetzung kaum erwarten.

Am Samstagmorgen verließ Thomas zunächst kurz die Wohnung, um für sich schmackhafte Brötchen zu holen. Anja ließ er währenddessen im Bett liegen. Sie wäre gerne aufgestanden, vor allem, um ihre Blase zu entleeren. Wegen des Knebels konnte sie ihm das jedoch nicht sagen, und ihren bittenden Blick sowie die Versuche des Gestikulierens ignorierte er einfach und dachte: ‚Du hast gestern beim Versohlen ein Spielchen mit mir getrieben und mich an den Rand der Erschöpfung gebracht, jetzt lasse ich Dich zappeln'. Dabei bogen sich seine Mundwinkel wegen des unterdrückten Grinsens nach oben.

Anja erriet seine Gedanken und wollte ein paar derbe Schimpfworte hinter ihm herrufen, aber wieder ließ der Knebel nur ein leises Gebrabbel zustande kommen. Also gab sie auf und wartete ungeduldig auf seine Rückkehr.

Nachdem Thomas die Wohnung wieder betreten hatte, zog er Anja die Bettdecke weg und ließ seinen Blick wohlwollend über ihren nackten Körper gleiten. Dann band er sie endlich los und erlaubte ihr für dreißig Minuten die Benutzung des Badezimmers.

Nachdem Anja frisch geduscht in der Küche angekommen war, fesselte Thomas die Hände der nackten Frau auf dem Rücken und band ihr zudem noch die Füße zusammen. Dann ließ er es sich am Küchentisch mit Marmelade, Wurst und Käse gut gehen. Anja stellte er lediglich eine Plastikschale mit Müsli auf den Fußboden. Wegen der Fesseln musste sie wie ein Hund aus dem Napf fressen. Da sie dieses Spiel bereits von früheren Sessions her kannte und es zudem anregend fand, wollte sie sich schon vor den Napf knien. Im letzten Augenblick schoss ihr aber durch den Kopf, dass sie jetzt die Rolle einer überfallenen Frau zu spielen hatte, der diese Maßnahme vollkommen fremd war. Es dauerte einige Augenblicke, bis sie sich wieder in ihrer derzeitigen Rolle zurechtgefunden hatte, aber dann reagierte sie mit gespielter Wut und verweigerte diese „entwürdigende" Maßnahme.

Im ersten Moment hatte Thomas sie verdutzt angeschaut. Aber dann hatte sich der leichte Morgennebel auch in seinem Gehirn gelichtet und er begriff den Hintergrund ihrer Verweigerung. Nach kurzem Überlegen entschied er sich für die altbewährte Methode des Gefügigmachens und zog seinen Gürtel aus der Hose.

„Runter und friss!", befahl er knapp. Anja machte natürlich keine Anstalten, zu gehorchen, stattdessen beschimpfte sie ihn auf unflätige Weise. Thomas bemerkte ihre schalkhaften Blicke, während sie die Widerspenstige spielte. Also begann er, sie kräftig auf das Hinterteil und auf die Beine zu schlagen. Wegen der gefesselten Füße konnte Anja nicht weglaufen und nahm stehend die Auspeitschung entgegen. Diesmal waren die Schläge spürbar unangenehmer, weil sich der Gürtel um ihre Hüften und Beine wickelte und dadurch die einzelnen Hiebe schmerzhafter waren als die Hiebe vom Vortag mit dem Paddle. Zudem zielte Thomas immer wieder auf ihre Oberschenkel, wobei er ein ums andere mal die Innenseiten traf. Anja genoss zwar die neuerlichen Schmerzen, aber wegen ihrer eingeschränkten Bewegungsfreiheit wurde sie dieses Spiels rasch müde. Es dauerte daher nicht lange, bis sie aufgab und rief, nun brav sein und gehorchen zu wollen. Sofort stellte Thomas das Schlagen ein und einem gemeinsamen Frühstück stand nichts mehr im Weg: Er am Tisch sitzend und sie in ihrer eigenen Küche zu seinen Füßen auf dem Boden kniend.

Obwohl sich die beiden viel Zeit ließen, war das Frühstück irgendwann schließlich doch beendet. Thomas hatte sich noch ein paar Sachen für Anja ausgedacht, von denen er wusste, dass sie darauf stand. Nach dem reichhaltigen Frühstück verspürte er aber noch keine Lust, gleich wieder die Initiative zu ergreifen. Anja hingegen wollte er allerdings schon ein erlebnisreiches Wochenende bieten. Ihren verstohlenen in seine Richtung geworfenen Blicken entnahm er die unausgesprochene Frage nach dem Fortgang des Spiels. Also wich er angesichts seiner eigenen Trägheit von seinem ursprünglichen Plan ab und nahm Anja die Fesseln ab. Dann verkündete er ihr, dass sie sich wie ein Hund auf allen Vieren fortzubewegen und einen Ball zu apportieren habe. Erwartungsgemäß verweigerte sie ihm in ihrer Rolle als überfallene Hausfrau den Gehorsam, so dass er erneut zu seinem Gürtel griff. Als Anja das sah, beugte sie sich sofort über die nächste Sessellehne und nahm die Schläge voller Genuss entgegen. Zwei Wochen hatte sie darauf gewartet, endlich wieder ausgepeitscht zu werden! Wie hatte sie die Schmerzen vermisst! Sie brauchte die Hiebe wie die tägliche Nahrung, ohne Striemen fühlte sich ihr Körper unvollständig an. Daher genoss sie nun die Tracht Prügel, provozierte sie ihn immer wieder mit frechen Bemerkungen.

Thomas kannte seine Anja in- und auswendig und wusste, was sie in diesem Moment fühlte. Also bemühte er sich, ihr das zu geben, was sie so sehnlich begehrte. Dabei schwang jedoch immer die Frage mit, ob sie danach noch bereit sein würde für die Fortsetzung des eigentlichen Spiels.

Anja bemerkte schließlich, dass die Blicke von Thomas immer prüfender wurden. Langsam dämmerte ihr, dass dieser Spielabschnitt nur ein kleines Intermezzo war und die eigentliche Fortsetzung noch kommen würde. Obwohl sie die Hiebe genoss und zu gerne noch mehr bekommen hätte, gab sie spielerisch auf. Wie schon am Vortag presste sie dazu ein paar Tränen hervor, um die Situation glaubwürdiger zu machen. Thomas nahm die Gelegenheit aufatmend an. In den folgenden zwei Stunden apportierte Anja immer wieder einen von den Bällen, die sie für genau dieses Spiel aufbewahrte. Dabei fragte sie sich immer wieder, was Thomas noch vorhatte.

Nachdem beiden das Spiel langweilig geworden war, durfte sich Anja von der Anstrengung erholen, während Thomas durch das Fernsehprogramm zappte. Irgendwann verspürten beide ein leichtes Hungergefühl. Anja bot sich an, etwas Leckeres zu kochen und Thomas, der ihre diesbezüglichen Künste bestens kannte und sehr zu schätzen wusste, nahm dankbar an. Allerdings bestand er darauf, dass sie als seine Gefangene dabei Fußfesseln trug. Außerdem verabreichte er ihr ein Halsband, an dem er eine Leine befestigte, deren anderes Ende er an einem Bein des Küchentisches befestigte. Er selber nahm auf einem Stuhl Platz und beaufsichtigte seine

‚Gefangene', die nun, damit sie nicht heimlich naschen konnte, wieder einen Mundknebel tragen durfte.

Sowohl das Kochen als auch das Essen, das Anja wieder auf dem Fußboden einnehmen musste, verlief ohne nennenswerte Zwischenfälle. Auch der anschließende Abwasch wurde von ihr unter seiner Aufsicht rasch beendet. Anja erwog zwar kurz, absichtlich einen Teller fallen zu lassen, um eine neue Bestrafung zu provozieren, aber instinktiv spürte sie, dass Thomas noch etwas Besonderes mit ihr vorhatte.

Nachdem die Hausarbeit für diesmal erledigt war, verordnete Thomas ihnen beiden eine Verdauungspause. Anja wurde wieder an ihr Bett gekettet, während es sich Thomas neben ihr bequem machte. So verbrachten sie die nächsten anderthalb Stunden in trauter Zweisamkeit und Harmonie, nur die Hand- und Fußketten zeugten von einer Beziehung der besonderen Art.

Nachdem sie das Essen gut verdaut hatten, band Thomas seine Anja los und zog sie an den Haaren ins Wohnzimmer. Das war eine von mehreren Arten der Führung, und Anja wusste, wie sehr er diese Variante liebte, weil sie ihm die Illusion von Macht gab. Da sie gleichzeitig das erniedrigende Gefühl, dass das Ziehen an ihren langen Haaren hervorrief, genoss, hatte sie diese Maßnahme schon sehnsüchtig erwartet.

Im Wohnzimmer angekommen begann Thomas sofort mit der Fortsetzung des über den Vormittag unterbrochenen Spiels: Er band Anjas Handgelenke zusammen und führte das überschüssige Seil zu einem Haken in der Decke. Er zog das Seil so straff, dass sich ihr Körper spannte, um weiterhin Bodenberührung zu haben. Thomas hörte erst auf, als ihre Zehenspitzen gerade eben noch den Boden berührten. Dann holte er mehrere Bondageseile und begann, Anja kunstvoll zu fesseln: Ausgehend von ihren Hüften umwickelte er überaus geschickt ihre Beine und ihren Oberkörper, wobei er sehr genau darauf achtete, dass ein Seil genau auf ihrem Geschlecht lag. Außerdem legte er Wert darauf, dass sie ihre umwickelten Beine einzeln bewegen konnte. Als er schließlich fertig war, wirkte sie wie ein Kunstwerk, so perfekt hatte er die Seile gebunden. Sie hatte es klaglos geschehen lassen, nur bei der recht strammen Fesselung ihrer Brüste hatte sie leise gewimmert.

Nachdem Thomas sein Werk vollendet und lange betrachtet hatte, stieß er Anja sanft an. Da nur ihre Zehenspitzen gerade soeben den Fußboden berührten, verlor sie durch den Stoß für einige Momente die Bodenhaftung und bemühte sich, sie rasch wiederzugewinnen. Durch die Bewegungen ihrer Beine schnitt das Seil in ihrem Schritt unangenehm in das weiche Fleisch, was sie erneut vor leichtem Schmerz und wilder Wollust aufstöhnen ließ. Die Wirkung auf ihre Lustspalte überlagerte sogar den Schmerz in ihren Handgelenken und Armen, die Konzentration auf ihr Zentrum der Lust ließ sie beinahe unempfindlich werden gegen die banalen Schmerzen anderer Körperteile.

Nachdem Anja wieder einen halbwegs sicheren Stand hatte, stieß Thomas sie wieder an und erneut suchte sie nach einem festen Stand, während er leise lachte. Er wiederholte dieses Spiel mehrmals, wobei er sie manchmal so anstieß, dass sie sich um die eigene Achse drehte oder hin- und herpendelte.

Schließlich wurde ihm dieses Spiel aber zu langweilig, und er blieb hinter ihr stehen. Mit lässigen Bewegungen lockerte er das Seil an der Decke so weit, dass Anja nun genug Spielraum hatte, um sogar vor ihm knien zu können. Aber sie blieb aufrecht stehen und wartete ab, was weiter geschehen würde. Auf Grund ihrer früheren Spiele wusste sie, dass in dieser Stellung üblicherweise die Peitsche zum Einsatz kommen würde, und ihr Herz jubilierte bereits in der Hoffnung auf weitere Schläge. Woher ihre Lust auf Schmerzen kam, wusste sie nicht, das Wissen um die Ursache musste tief in ihrem Inneren verschüttet sein. Bewusst waren ihr nur die Faszination und das Lustgefühl, was schon alleine durch den bloßen Gedanken an eine Peitsche Besitz von ihrem Körper und Geist ergriff. Bebend vor Lust und Ungeduld harrte sie auf das Kommende.

Er wusste, was sie dachte und fühlte, weshalb er sich viel Zeit ließ und ausgiebig die Rückseite der gefesselten Frau, die vor Erregung stoßweise atmend vor ihm stand, betrachte. Dann ergriff er beinahe beiläufig und von ihr unbemerkt eine Riemenpeitsche, nahm kurz Maß und ließ sie kräftig auf ihr nacktes Gesäß niedersausen. Ein leises „Oh!" entrang sich Anjas Kehle, die von dem Hieb überrascht worden war.

Thomas studierte ausgiebig die sofort aufgetretene Rötung ihres Hinterteiles, streichelte auch mit einer Hand über das heiße Fleisch und freute sich über die erzielte Wirkung. Anjas Atem ging jetzt schneller, er konnte ihre erwartungsvolle Erregung geradezu mit Händen greifen. Um ihre Lust weiter anzustacheln, ließ er nach und nach einzelne Hiebe niedergehen, gefolgt von wohldosierten sanften Berührungen seiner Hand. Er konnte spüren, wie sich die Lust in ihr aufstaute, ihre Ungeduld auf den Beginn der eigentlichen Auspeitschung immer stärker wurde, bis sie es schließlich nicht mehr aushielt und geradezu bettelte, dass er endlich anfangen möge.

Das ließ sich Thomas nicht zweimal sagen, schließlich war auch er von dem Spiel nicht nur erregt, sondern geradezu im Banne der Lust. Also trat er seitwärts neben die gefesselte Frau und ließ die Riemenpeitsche in rascher Folge auf ihren Rücken und ihr Gesäß niedergehen. Diese versuchte, den Hieben standzuhalten, aber diese wurden hart wie immer geführt, was sie besonders liebte. Obwohl sie die Peitsche gewohnt war, wand sie sich ab dem sechsten Hieb immer heftiger. Trotzdem gingen weitere Schläge auf sie nieder, und nach dem zehnten Peitschenhieb sank Anja mit einem Stöhnen erst auf das linke Knie herab, dann auf das rechte. In der knienden Position verharrte sie für einen längeren Moment und versuchte, den Schmerz zu verarbeiten.

Thomas beobachtete voller Erregung jede ihrer Bewegungen. Er kannte Anjas Reaktionen und achtete genau auf unübliche Reaktionen. Als er keine feststellen konnte, zerrte er sie nach einigen Minuten wohltuender Ruhe wieder auf die Beine. Aber statt sie erneut zu schlagen, trat er nah an sie heran, seine Hände umfassten ihre Brüste dort, wo sie nicht von dem Seil umspannt wurden, und massierte langsam ihre Wonnehügel. Dann wanderten seine Finger zu ihren steinharten Knospen und spielten für einen Moment mit ihnen. Anja war von ihren Lustgefühlen benebelt, in ihren Ohren toste das Rauschen der Leidenschaft. Thomas erging es nicht anders, aber dennoch riss er sich plötzlich los, griff zur achtlos am Boden liegenden Peitsche und holte aus. Wieder sauste die Riemenpeitsche durch die Luft, bevor sie Anjas Rücken traf. Noch bevor sie reagieren konnte, folgten vier weitere Hiebe in gleicher Schärfe. Bebend vor Lust und Schmerz sank sie langsam zu Boden. Während der Schmerz der Striemen jedoch langsam abklang und scheinbar zu ausschließlicher Hitze wurde, stieg die Glut in ihrer Lusthöhle rasend schnell an und potenzierte sich. Ihr Körper bebte und schrie nach Befriedigung, nach Erlösung durch den Liebesspeer. Aber so weit war es noch nicht.

Thomas gönnte ihr diesmal eine längere Erholungspause, aber gerade dadurch heizte er die Glut der Leidenschaft in seinem und ihren Körper weiter an. Schließlich hielt er es nicht mehr aus, wollte sie fühlen, ihren Geruch ganz nah wahrnehmen, ihren Herzschlag spüren. Als dieses Gefühl übermächtig wurde, zog er sie hoch und trat vor sie hin. Sofort kam sie auf ihn zu, bis ihre Brustwarzen seine nackte Brust berührten, und kuschelte sich an seinen Körper, soweit es die Fesseln erlaubten. Deutlich spürte sie seinen Liebesspeer, der sich gegen das weiche Fleisch ihres Bauches drückte. Während sie ihren Kopf an seine Brust lehnte und den Geruch seiner herben Männlichkeit tief einsog, strich seine linke Hand sanft über ihr Haar, während die Rechte weiterhin die Peitsche hielt, Drohung und Verheißung zugleich.

So standen sie eine ganze Weile still im Raum. Wie gerne hätte Anja seinen Körper umarmt oder gar seine Männlichkeit berührt! Aber die Fesseln machten es ihr unmöglich, und so blieb ihr nur, vor Lust leise vor sich hin zu stöhnen. Als hätte er ihre Gedanken erahnt, holte seine Rechte plötzlich aus und ließ die Peitsche auf ihr Gesäß knallen, als wollte er den Zauber des Moments brechen. Die völlig überraschte Anja zuckte zusammen, wodurch sich ihr Unterleib noch fester gegen den seinen drückte.

Noch bevor sie sich von der Überraschung erholt hatte wurde sie von einem weiteren Hieb getroffen. Thomas ließ sie nun los, stieß sie gar von sich und trat rasch hinter sie. Dann bearbeitete er ihre Rückseite mit kräftigen Schlägen, die sie erbeben ließen. Zwar versuchte sie zunächst, den Hieben standzuhalten, aber sehr rasch erlahmte ihr Widerstand, und leise wimmernd sank sie auf die Knie. Ihre Rückseite brannte lichterloh, während Wellen von Schmerzen durch diese Flammenhölle rasten. Aber diesmal gönnte er ihr keine Verschnaufpause, sondern zog sie sofort wieder auf die Beine. Dann lehnte er sie mit dem Rücken an seinen Körper, was ihr Schmerzempfinden noch verstärkte. Während sie sich wand und nach Linderung suchte, streichelte er ihre prallen Brüste und die Brustwarzen, die hart wie Stein waren. Nach einiger Zeit wanderte seine Hand mit sanften Bewegungen abwärts, bis sie ihren Po erreicht hatte. Dort massierte er sanft die verstriemten Backen, bevor seine Finger ihre Pokerbe rauf und runter glitten. Schließlich fuhren sie tiefer, und, begleitet von einem ihrer spitzen Lustschreie, fasste er ihr zwischen die Beine. Sofort spürte er die gewaltige Hitze und die Nässe, die von ihrer Lustgrotte ausging und das Seil zwischen ihren Beinen völlig benetzt hatte.

„He", flüsterte er ihr ins Ohr, „Bist du etwa schon wieder geil?"

Ein wollüstiges Stöhnen war die einzige Antwort, die er bekam.

Eigentlich wollte er ihr Verlangen mit weiteren Fragen steigern, aber seine eigene Lust war inzwischen so angeschwollen, dass er nur noch mühsam an der weiteren Verwirklichung seines Plans arbeiten konnte. Also drückte er sanft, aber bestimmt ihre Beine auseinander, hob die Peitsche auf und ließ die Riemen sanft gegen ihren Liebestempel schlagen. Ein Anschwellen ihres lustvollen Stöhnens war die Reaktion. Er wiederholte diesen Vorgang noch zwei weitere Mal, und jedes Mal wurde ihre Reaktion verlangender. Schon konnte er sehen, wie der Liebessaft aus ihrer Grotte floss und das Seil auf ihrer Scham überschwemmte. Während ein Teil des Saftes direkt auf den Boden tropfte, suchte sich der Rest einen anderen Weg, lief ihre Beine hinab und hinterließ im künstlichen Licht der Lampe glänzende Streifen auf der Haut.

Thomas spürte, wie auch ihn die Lust zu übermann drohte. Noch einmal peitsche er die gefesselte Frau solange, bis sie auf den Knien lag und vor Lust und Schmerz unverständliche Laute von sich gab. Zugleich hatte sich der Strom ihres Liebessaftes verstärkt und rann nun in dicken Bächen ihre Beine herab. Dieser Anblick war zuviel für ihn! Er drückte ihren Oberkörper so weit nach vorne, dass ihre Stirn den Fußboden berührte. Da sie sich wegen der gefesselten Hände nicht abstützen konnte, war ihre Position nicht besonders bequem, aber das interessierte in diesem Moment keinen der beiden: Das Verlangen überlagerte jegliches Gefühl an Bequemlichkeit, sie waren blind und taub vor Leidenschaft.

Anjas Lustgrotte pochte heftig vor Verlangen, die Hitze der Lust brannte schlimmer als ihre Rückenseite, dessen Feuer ihre Lust nur noch anheizte. Sie nahm nichts um sich herum mehr wahr, wünschte sich nur endlich Erlösung von ihrem Verlangen, wünschte sich nichts sehnlicher, als das ihr heiß brennender Körper genommen werde.

Thomas ahnte, was in ihr vorging, zumal er sich ähnlich fühlte. Rasch befreite er seinen Lustspender aus dem Stoffgefängnis, lockerte das Seil in Anjas Schritt so weit, dass er es zur Seite schieben konnte, und drang stöhnend in ihr Heiligtum ein. Sie begleitete seinen Eintritt mit lustvollem, verlangendem Keuchen. Als er sich rhythmisch in ihr zu bewegen begann, steigerte sich ihr Stöhnen zu spitzen Schreien der

Lust. Seine Hände hielten ihre Hüften gefangen und verhinderten, dass seine Liebeswaffe das Ziel aus dem Visier verlor. Dann gaben sich beide ihrer Lust hin, dachten weder an das Jetzt und Hier, schon gar nicht an das Morgen. Alles um sie herum verschwamm, wurde unwirklich, unwichtig, existierte nicht mehr. Sogar die Zeit schien stillzustehen.

Aber auch die schönsten Momente haben ein Ende, und mit konvulsivischen Zuckungen erreichten sie beide ihren Höhepunkt, vereinten sich ihre Liebessäfte und löschten gemeinsam das Feuer des Verlangens in ihren Körpern. Dann strömten die beiden Flüssigkeiten in trauter Eintracht aus dem Tempel der Liebe ins Freie, wo sie auf dem Boden eine große Lache bildeten.

Nachdem Thomas und Anja endlich ihre Benommenheit abgeschüttelt hatten und wieder in der Realität angekommen waren, lagen sie erschöpft auf dem Fußboden. Mit einer großen Kraftanstrengung gelang es ihm noch, ihre Fesseln zu lösen. Dann gaben sich beide dem Müßiggang hin.

Wie lange sie nebeneinander auf dem Boden verbracht hatten, wussten sie nicht zu sagen. Irgendwann fühlten sich beide wieder frisch genug, um das unterbrochene Spiel fortzusetzen. Thomas zog Anja auf die Beine und fesselte wieder ihre Hände. Bevor er fortfahren konnte, flüsterte sie beinahe schamhaft: „Ich... ich muss mal pinkeln."

Er starrte sie lange an, als hätte er die Bedeutung ihrer Worte nicht verstanden. Schließlich ging er in die Küche, aus der er gleich darauf mit einer großen Plastikschale zurückkehrte.

Diese stellte er auf den Boden und befahl: „Lass es laufen, aber ziel richtig. Wehe, es geht etwas daneben! Du wirst alles auflecken, was auf den Boden tropft!"

Anjas Blase war randvoll. Sie verzichtete daher auf eine Diskussion und erleichterte sich vor seinen Augen. Ihre Bemühungen, genau die Schale zu treffen, waren erfolgreich. Trotzdem befahl er ihr, den Fußboden zu lecken. ‚Wie gut', dachte Anja, ‚dass ich bei meinem Einzug im Wohnzimmer Laminat statt eines Teppichbodens habe verlegen lassen. Während sie den Boden leckte, entleerte Thomas die Schale in der Toilette.

Nachdem er wieder im Wohnzimmer war, legte er Anja Handschellen an und ließ sich auf dem Sofa nieder. Sie durfte ihn den ganzen Abend bedienen und, wenn er keinen Auftrag für sie hatte, auf Abruf in der Ecke stehen. Sie kannte dieses Spiel ebenfalls schon länger und wusste, dass es ein langer Abend werden konnte.

Irgendwann hatte Thomas keine Lust mehr zum Fernsehen. Also führte er Anja ins Bad, wo sie beide gemeinsam duschten. Danach gingen sie ins Schlafzimmer, wo Anja wieder an Händen und Füßen in Rückenlage ans Bett gefesselt wurde. Während Thomas sofort einschlief, lag Anja noch lange wach, was zum einen an ihrer schmerzenden Rückseite, zum anderen an den Erlebnissen des Tages lag. Schließlich fiel aber auch sie in einen tiefen und wohltuenden Schlaf.

Als sie am anderen Morgen von Thomas mit ein paar Peitschenhieben quer über ihre Oberschenkel geweckt wurde, war es bereits hell. Nach einer raschen Dusche durfte sie unter seinen wachsamen Augen ein Frühstück richten, das genau wie das am Vortag ablief.

Nachdem sie es beendet hatten und auch der Abwasch erledigt war, fesselte er sie erneut überaus kunstvoll. Diesmal wählte Thomas eine Fesselung, bei der sie nur auf einem Bein stehen konnte. Nachdem er fertig war, betrachtete voller Wohlgefallen sein ‚Kunstwerk', bevor er zur Peitsche griff. Dieses Mal waren ihr Gesäß und ihre Brüste das Ziel seiner Hiebe. Allerdings erwies er sich als gnädig, denn nach einem halben Dutzend Hiebe auf ihre Brüste widmete er sich etwas ausgiebiger ihrem Hinterteil. Die Schläge auf ihre Brüste empfand Anja immer als besonders schmerzhaft, weshalb sie diese Art von Strafe nicht wirklich mochte. Sie hatte mit Thomas ausführlich über das Thema gesprochen, und schließlich hatten sie einen Kompromiss erzielt: Sie nahm die Schläge hin, wann immer er darauf bestand, aber er versprach im Gegenzug, nur selten von diesem Recht Gebrauch zu machen. Heute war also wieder so ein Tag, an dem sie etwas mehr als üblich leiden musste, denn auch die Schläge auf ihre Kehrseite waren unangenehm, weil sie ja nur auf einem Bein balancieren konnte. Schon bald merkte sie die Anstrengung, aber einfach nur Stillhalten konnte sie auch nicht, weil dafür die Hiebe zu hart waren.

Nachdem er ihr gründlich das Gesäß ausgepeitscht hatte, ließ Thomas sie längere Zeit in der unbequemen Position auf nur einem Bein ‚zum Abkühlen' an die Decke gefesselt stehen.

Als er bemerkte, dass sie sich von den Schlägen erholt hatte, band er sie los und gönnte ihr ein paar Minuten Ruhe, die sie auf dem Fußboden sitzend zubringen durfte. Durch das Sitzen wurde das Brennen auf ihrem Gesäß noch angeheizt, aber sie nahm es klaglos hin. Viel mehr Schwierigkeiten bereitete es ihr, die wiedererwachte Lust im Zaum zu halten. Sowohl die ungewöhnliche Fesselung als auch die Peitschenhiebe hatten das Feuer der Leidenschaft erneut in ihr entfacht, aber sie versuchte, es nicht offen zu zeigen. Ob sie damit Thomas provozieren oder ihre eigenen Lustgefühle anheizen wollte, wusste sie nicht zu sagen. Seinem prüfenden Blick entging jedoch nichts, und so hatte er schon rasch das in Anja lodernde Feuer erkannt. Nachdem er den Eindruck hatte, dass sich auch ihr Standbein wieder erholt hatte, befahl er ihr deshalb schroff: „Los, masturbieren!"

Einerseits war Anja enttäuscht, dass er sie nicht weiter aufheizen wollte. Andererseits war sie bereits so lüstern, dass sie nicht widerstehen konnte. Trotzdem verweigerte sie getreu ihrer Rolle einmal mehr den Gehorsam, wodurch sich Thomas genötigt sah, sie mit weiteren Peitschenhieben ‚gefügig' zu machen. Als das Brennen in Anjas Lustgrotte, von den Hieben weiter angeheizt, nochmals gestiegen war, gab sie ihren Widerstand auf und verschaffte sich vor seinen Augen Erleichterung.

Nachdem sie zweimal gekommen war, hatte sie sich wieder fest im Griff. Ein Blick zu Thomas zeigte ihr, wie aufgeheizt er nun seinerseits war. Sein Glied ließ keinen Zweifel an seinem inneren Zustand. Innerlich feixend, aber ohne ein Wort zu sagen, kroch sie auf allen Vieren zu ihm und legte ihre Hände auf seine Oberschenkel. Als Antwort kam ein Stöhnen. Anja beschloss, zu handeln: Sie beugte sich vor, und ihre Lippen umschlossen seine heiße und wild pulsierende Männlichkeit. Augenblicklich begann sie, daran zu saugen und sie mit ihrer Zunge zu liebkosen. Es dauerte nicht lange, bis sich seine aufgestaute Erregung entlud.

Danach verbrachten sie einige Zeit mit ausruhen, bevor sie sich gemeinsam daran machten, die Wohnung aufzuräumen. Nachdem auch das erledigt war, zog sich Thomas an und wandte sich zur Tür. Anja umarmte ihn kräftig und wollte ihn am liebsten nicht gehen lassen, aber irgendwann gingen sie dann doch eng umschlungen zur Tür, wo sie sich nochmals ausgiebig küssten.

Als Thomas aus der Tür trat, sagte Anja mit einem verschmitzten Grinsen: „Also dann: Bis morgen im Büro, Herr Kollege! Und nicht vergessen: Am nächsten Wochenende bin ich diejenige, die das Sagen haben wird! Nachdem, was du mit mir angestellt hast, werde ich mich ausgiebig rächen! Mach dich also auf einiges gefasst!"

„Ich kann es kaum erwarten!", kam die lachende Antwort.

Als er für heute endgültig gegangen war, lehnte Anja noch einige Zeit an der geschlossenen Tür. Sie musste bei dem Gedanken lächeln, was wohl ihr Chef und all die Kollegen sagen würden, wenn sie wüssten, welche Spiele ihre hochgeschätzten Kollegen Anja und Thomas trieben. Diese Spießer würden nie im Leben auf die Idee kommen, dass zwischen den beiden etwas laufen könnte, geschweige denn, dass sie beide SM-Spiele bevorzugten. ‚Aber vielleicht‘, ging es ihr durch den Kopf, ‚tun wir ihnen Unrecht und sie sind genauso wie wir – und verstehen es ebenfalls, ihre Neigung vor uns zu verbergen. Wer weiß das schon?!‘

Dann begab sie sich ins Bad und legte sich in die mit heißem Wasser gefüllte Wanne. In Gedanken ging sie wieder und wieder das Erlebte durch und freute sich, dass Thomas ihren Traum so phantasievoll in Szene gesetzt hatte. ‚Obwohl‘, sinnierte sie, ‚es da ein paar Schwachstellen in seiner Ausführung gab. Wir sollten sie ausmerzen und dazu das Ganze wiederholen.‘ Dann genoss sie mit geschlossenen Augen ihr Schaumbad.

Warten auf Paul

Es war wieder einer von diesen warmen Sommertagen, an denen das Licht der Sonne die Stadt überflutete. Die bedauernswerten Menschen, die an unklimatisierten Arbeitsplätzen ihrem Broterwerb nachgehen mussten, litten unter der Hitze ebenso wie die Büromenschen, die das Sonnenlicht aussperrten und bei Kunstlicht in von Neonröhren grell erleuchteten Büros hockten, weil sich anderenfalls das Licht auf ihren Computermonitoren so intensiv spiegeln würde, dass sie nichts von der Schrift erkennen konnten. Diejenigen, die das Pech hatten, keine Arbeit zu haben oder sich das Privileg von Urlaub oder Hausarbeit leisten konnten, saßen entweder in ihren aufgeheizten Wohnungen oder in klimatisierten Eiscafés mit dem größten Eisbecher vor sich, der auf der Karte verzeichnet war.

Es gab aber auch noch andere Menschen, die an diesem Tag ihrer gewohnten Arbeit nachgingen. Lady Alexa Pain war eine von ihnen: Sie arbeitete schon seit mehreren Jahren in dem Dominastudio und genoss hohes Ansehen, sowohl bei den Kunden als auch bei ihren Kolleginnen. Das war nicht immer so, denn zum Beginn ihrer Laufbahn hatte sie zwar viele Vorstellungen von der Arbeit einer Domina gehabt, aber keinerlei praktische Erfahrung – abgesehen von den kleinen Spielchen mit ihrem ersten Freund, aber im Vergleich mit ihrer heutigen professionellen Tätigkeit hatten diese Spiele rückwirkend betrachtet das Niveau von Kindergartenaktivitäten.

Lady Alexa liebte ihre Arbeit, und das merkten die Kunden sofort. Dank des Internets hatte es sich schnell herumgesprochen, dass sie eine natürliche Veranlagung zur Dominanz, dabei aber immer genug Fingerspitzengefühl für die Bedürfnisse ihrer Kunden hatte. Niemand verließ ihren Folterkeller ohne das Gefühl vollkommener Befriedigung erlangt zu haben. Eine weitere Eigenart, die ihr Ansehen gesteigert hatte, war ihre Fähigkeit, sich an Kunden auch dann zu erinnern, wenn ihre Besuche schon lange Zeit zurücklagen. Zwar konnte es vorkommen, dass sie dann nicht mehr jedes einzelne Detail der Sitzung wiedergeben konnte, aber es genügte, um den Kunden wissen zu lassen, dass sie sich an ihn erinnerte, und ihm damit das Gefühl der Vertrautheit schenkte, was bei so manchem Gelegenheitskunden die Nervosität spürbar verringerte.

An diesem Sommertag betrat Lady Alexa pünktlich wie immer das Studio und begann, sich umzuziehen. Sie liebte das Summen der Klimaanlage, die die Temperatur ganzjährig konstant hielt, was gerade an einem Tag wie diesem sehr angenehm war. Aber auch das gepflegte Dämmerlicht der einzelnen ‚Arbeitszimmer' löste in ihr wohlige Schauer des Vergnügens aus, und sie konnte es kaum erwarten, ihre ‚Arbeit' auszuüben. Während sie den engen Lederrock schloss und sich zum Schminken an den Spiegel setzte, warf sie einen beiläufigen Blick in ihren Terminkalender. Aber auch ohne das Lesen des Eintrags wusste sie Bescheid, denn heute war der zweite Dienstag des Monats. Der erste Eintrag an diesem Tag war schon seit Jahren gleich, der Kunde ihr wohlbekannt. Sein Name war Paul, zumindest hatte er sich bei seinen ersten Besuchen damit vorgestellt. Er gehörte zu Lady Alexas langjährigen Stammgästen und besuchte sie schon seit ihrer Zeit als Jungdomina.

‚Wie lange kommt er eigentlich schon zu mir?', fragte sie sich und rechnete in Gedanken die Zeit seit ihrem Arbeitsantritt in diesem Studio aus. Mit einem Anflug von Überraschung stellte sie fest, dass es schon fast zwanzig Jahre sein mussten. Kein Wunder, dass sich über diese lange Zeitspanne eine beinahe freundschaftliche Atmosphäre zwischen ihr und Paul entwickelt hatte, die sich allerdings nur auf seine Aufenthalte im Studio bezog. Privat pflegte sie mit keinem Kunden Kontakt.

Aber auch ohne Pauls regelmäßige Besuche wäre es Alexa nicht schwer gefallen, sich an diesen speziellen Kunden zu erinnern, denn Paul war schon über achtzig Jahre alt. Wenn man ihn ansah, würde man sein wahres Alter nicht erraten, denn seinem Aussehen nach ging er glatt wie ein Mittsechziger durch. Alexa hatte ihn auch immer deutlich jünger geschätzt, aber irgendwann hatte ihr Paul sein wahres Alter verraten. Sie war überrascht und beeindruckt zugleich, denn für sein Alter war er nicht nur rüstig, sondern bewies zudem in ihren Sessions auch noch erstaunliche Nehmerqualitäten. Sie war davon genauso sehr angetan wie von seinen ausgezeichneten Manieren.

‚Paul ist ein Kavalier der alten Schule', dachte sie oft bei sich, ‚Er ist charmant, hilfsbereit und aufgeschlossen. Nur sein Faible für SM unterscheidet ihn von der Mehrheit seiner Altersgenossen. Während diese ihre Rente für Reisen oder Briefmarken ausgeben, kommt er jeden Monat zu mir.' Bei dem Gedanken an seine Besuche umspielte ein leises Lächeln ihre Lippen.

Tatsächlich erschien Paul jeden Monat für zwei Stunden in dem Dominastudio und genoss die ‚Liebkosungen', die eine attraktive Domina wie Lady Alexa für einen Masochisten bereithielt. Er führte jeden ihrer Befehle so zügig und gewissenhaft aus, dass es ihr schwer fiel, Gründe für Bestrafungen zu finden. Oft griff sie deshalb auf ihr Recht als Domina, willkürlich Strafen verhängen zu können, zurück. Paul genoss ihre Unberechenbarkeit ebenso wie die harten Strafmaßnahmen.

‚Ja', dachte Alexa, ‚Paul ist etwas Besonderes, ein Juwel in der Masse der Kundschaft dieses Studios.'

Inzwischen hatte sie sich den letzten Schliff für ihren Auftritt gegeben. Der Zeiger der Uhr war langsam, aber stetig vorgerückt. Jeden Augenblick konnte Paul an der Tür klingeln und von Betty, der studioeigenen Zofe und Empfangsdame, in das Gewölbe, in dem ihre Sessions seit seinem ersten Besuch stattfanden, geführt werden. Die Herrin beschloss, ihn heute mal wieder dort zu empfangen. Nachdem sie Betty Bescheid gegeben hatte, ging sie an ihren ‚Arbeitsplatz' und ließ den Blick über die Möbel und Instrumente schweifen. Fein säuberlich aufgestellt oder an Wandhaken aufgehängt gab es in dem

Raum alles, was man in einem Dominastudio vorzufinden erwarten würde. Langsam strich Alexas Hand über den Strafbock, dessen Benutzung zu Beginn einer jeden Session zu einem Ritual geworden war. Paul liebte es, nach der Begrüßung durch die obligatorischen Fußküsse mit dem Rohrstock behandelt zu werden. ‚Zum Aufwärmen', lachte er dann immer und sein Strahlen erhellte den Raum wie die Sonne die Stadt am heutigen Tag. Er freute sich, wenn der ‚Gelbe Onkel' zischend niedersauste und sein leicht faltiges Gesäß verstriemte.

‚Komisch', dachte Alexa, ‚nur an seinem Gesäß und an seinem Hals kann man Falten erkennen, die übrige Haut ist glatt. Wie macht er das?' Je länger sie darüber nachdachte, desto mehr wunderte sie sich auch darüber, dass die Faltenbildung bei ihm nicht so ausgeprägt war wie man angesichts seines Alters vermuten würde. Da hatte sie bereits ganz andere Dinge bei deutlich jüngeren Männern gesehen.

Inzwischen zeigte die Uhr an, dass Paul fünf Minuten zu spät dran war. Eine Verspätung in dieser Größenordnung war durchaus möglich, denn weil er in dieser Stadt aufgewachsen war und sein gesamtes Leben hier verbracht hatte, kannte er fast jeden Menschen. Da kam es immer wieder vor, dass er aufgehalten wurde, weil ihn jemand getroffen hatte und mit ihm ein Schwätzchen halten wollte. Es kam aber auch vor, dass er eine zusätzliche Runde um den Block drehte, wenn sich in Studionähe zu viele Menschen aufhielten. Das war angesichts der Lage in einer eher abgeschiedenen Seitenstraße zwar nur selten der Fall, aber es kam vor. Trotz oder gerade wegen seines Bekanntheitsgrades wollte Paul nicht beim Betreten oder Verlassen des Studios gesehen werden, denn er hatte die Sorge, dass ihn viele seiner Freunde schneiden könnten, wenn sie von seinem SM-Faible erfahren würden. „In meinem Alter macht man keine Experimente mehr und testet keine Reaktionen seiner Mitmenschen auf ungewöhnliche Vorlieben, dafür denkt man viel mehr an die Grabrede und an die ‚gute Nachrede' für die Zeit, nach der man abgesegelt ist", pflegte er lachend zu sagen, wenn ihm Alexa wegen einer Verspätung Vorhaltungen machte. Immerhin hatte sie bei solchen Gelegenheiten einen wirklichen Grund, um eine Strafe zu verhängen.

‚Na warte', lachte Alexa auch heute in sich hinein, ‚die Verspätung wirst du mir büßen!' In Gedanken malte sie sich aus, wie sie ihn mit Gewichten an den Genitalien um die Streckbank scheuchen würde, damit er lernt, was Eile war. Ja, sie wusste genau, welche Spiele Paul liebte. Aber auch, was er verabscheute. Den Fiberglasstock zum Beispiel mochte er überhaupt nicht. ‚Früher', pflegte er immer als Begründung zu sagen, ‚gab es auch nur den Rohrstock oder die Bullenpeitsche, aber kein Fiberglas. Obwohl sie es sicher eingesetzt hätten, wenn sie es gehabt hätten.' Mehr sagte er dazu nicht. Aus dieser und einigen anderen Äußerungen, die er im Laufe der Jahre beiläufig hatte fallen lassen, hatte Lady Alexa geschlossen, dass Paul viele Strafen in seiner Jugend oder zumindest im frühen Erwachsenenalter erlebt haben musste. Es hatte etwas mit einer Diktatur zu tun, aber ob es die NS- oder SED-Zeit war, hatte sie nicht erraten können. Sie mochte ihn auch nicht fragen, aber die Erlebnisse hatten nicht nur seine Persönlichkeit, sondern auch seine Sexualität geprägt, dessen war sie sich ganz sicher.

Jetzt zeigten die Zeiger bereits fünfzehn Minuten Verspätung an. Das war ungewöhnlich, denn um eine solch lange Zeitspanne hatte er sich noch nie verspätet. Darüber irritiert strich sich Alexa gedankenverloren eine Haarsträhne aus dem Gesicht. Um sich die Wartezeit zu verkürzen, griff sie nach den Handschellen, mit denen sie ihn zwischendurch zu fixieren pflegte, und spielte damit herum. Ihre Irritation wich mit zunehmendem Zeitablauf einer leichten Unruhe. Warum kam er nicht? Warum rief er nicht an, wenn er verhindert oder erkrankt sein sollte? Er hatte die Nummer des Studios und wusste, dass bereits geöffnet und das Telefon damit besetzt war. In all den Jahren war er zweimal verhindert gewesen, aber jedes Mal hatte er sich telefonisch gemeldet und den Termin abgesagt.

Langsam steigerte sich Alexas Unruhe zur Besorgnis. Was war heute nur mit Paul los? Sollte der alte Herr etwa ernsthaft erkrankt und nicht in der Lage sein, selber zu telefonieren? Angesichts seines Alters wäre das denkbar, aber bei seinem letzten Besuch vor einem Monat hatte er rüstig und gesund wie immer gewirkt und auch die ,Behandlungen' in der üblichen Strenge gut verkraftet. Konnte er seitdem ernsthafte gesundheitliche Probleme bekommen haben? Dass es etwas

Schwerwiegendes sein musste, stand für sie fest, denn Paul hatte ihren Termin noch nie wegen einer leichten Erkältung, sondern nur aus schwerwiegenden Gründen versäumt. Aber er hatte ihn eben nur zweimal versäumt. Heute musste es etwas ganz Schlimmes sein, wenn er nicht kam und sich nicht einmal meldete. Andererseits: Würde er, der immer so sehr auf seinen guten Ruf bedacht war, sein Geheimnis einer anderen Person anvertrauen, damit diese bei ihr, seiner geliebten Herrin, den Termin absagen konnte? Alexa dachte lange darüber nach, aber dann schüttelte sie den Kopf: ‚Nein, die Angst, dass sie Dich wegen Deines Faibles auslachen oder in Zukunft schneiden werden, ist dir zu groß, lieber versetzt du mich und lässt dich dafür bei deinem nächsten Besuch besonders hart bestrafen.' Aber wer waren ‚sie, die ihn auslachen würden'? Seine Familie, seine Freunde, seine ehemaligen Arbeitskollegen? Hatte Paul überhaupt Angehörige? Eine Frau, Kinder, Enkel? Alexa wusste es nicht. Diese Erkenntnis verblüffte sie, denn bislang hatte sie geglaubt, alles Relevante über ihre Stammkunden zu wissen, vor allem über Paul. Aber nun, während sie auf ihn wartete, erkannte sie das Gegenteil: Sie wusste nichts Konkretes über ihn, ebenso wenig über einen ihrer anderen Kunden. Sie hatte nur die Informationen, die sie von ihnen bekommen hatte. Aber stimmte das auch alles oder waren es überwiegend Lügen? Alexa wusste es nicht.

Inzwischen war fast eine Stunde verstrichen. Paul war noch immer nicht aufgetaucht und hatte sich auch nicht gemeldet.

Sie beschloss daher, nicht länger auf ihn zu warten, und begann, die bereitgelegten Instrumente wegzuräumen. Dabei fragte sie sich stumm: ‚Was ist los mit Dir, Paul?' und sandte die Frage als Gedankenbotschaft in die Unendlichkeit. Vielleicht würde er sie ja empfangen und sich heute doch noch melden.

Da die Instrumente unbenutzt geblieben waren, brauchten sie nicht gesäubert zu werden, so dass die Aufräumarbeiten rasch beendet waren. Langsam trat Alexa auf den Flur hinaus. Hinter ihr fiel die Tür des unbenutzt gebliebenen Folterkellers leise ins Schloss. Alexa kehrte in den Aufenthaltsraum zurück, in dem inzwischen rege Geschäftigkeit herrschte, weil die anderen Dominas und Zofen zwischenzeitlich auch zur Arbeit erschienen waren und wild durcheinander redeten. Von Sonderangeboten im Supermarkt bis Schulproblemen der Kinder reichte die Palette, und schon bald ging man dazu über, den neuen Klatsch aus den europäischen Königshäusern zu diskutieren, der dank der vielen Hefte der Klatschpresse besser bekannt war als die wichtigsten anstehenden Entscheidungen der heimischen Politik. Heute beteiligte sich Alexa aber nur sehr einsilbig an den Gesprächen, was ihren Kolleginnen schnell auffiel.

„Was ist los, Süße?", wollte schließlich ihre Lieblingskollegin wissen.

„Paul ist nicht gekommen."

"Na, bei seinem Alter kein Wunder, da ist jede Erektion Glückssache, meinst Du nicht auch?"

„Nein, ich meine, er ist nicht zur verabredeten Session gekommen."

„Hat er abgesagt?"

„Nein."

„Oh!" Dann zuckte die Kollegin mit den Schultern: „Vielleicht ist er krank oder sein Telefon ist kaputt oder beides zusammen. Mach Dir keine Gedanken, der kommt schon wieder. Du kennst doch den alten Spruch ‚Unkraut vergeht nicht'. Außerdem ist er für sein Alter verdammt rüstig und echt gut beieinander! So fit möchte ich später auch mal sein! Also denk nicht weiter darüber nach! In einem Monat steht dein Paul wieder auf der Matte."

Aber das tat er nicht. Weder meldete er sich telefonisch noch kam er wieder ins Studio. Alexa hat nie erfahren, was geschehen war.

Ein gebärender Mann

„Wir Frauen haben es leicht?", schrie Elke erbost, „wer macht denn den Haushalt, geht arbeiten und kümmert sich um die Kinder? Wir, wir Frauen!"

Wie schon so oft in letzter Zeit hatte sich am Thema Hausarbeit und hier insbesondere bei der Frage nach Rolfs Anteil ein heftiger Streit entzündet, der sich wieder einmal schnell zu einer Grundsatzdiskussion steigerte.

„Ach komm", wandte Rolf gerade ein, „wir sind doch bloß zu zweit, da fällt doch nicht viel Arbeit an. Wenn man die dafür benötigte Zeit rechnet und deinen Halbtagsjob dazuaddiert, kommt man auf einen Vollzeitjob, also genau das, was ich tagein, tagaus leisten muss. Trotzdem willst du mir noch einen Teil der Hausarbeit aufbürden?"

„Warum denn nicht, du benutzt unseren Haushalt doch auch: du isst und trinkst, fragst dich aber nicht, wie das Zeug ins Haus kommt; du benutzt Geschirr, produzierst Schmutzwäsche, Dreck und was weiß ich noch alles. Da ist es doch nur gerecht, wenn du dich auch ein bisschen an der Hausarbeit beteiligst, mehr als nur ein kleines bisschen Hilfe verlange ich ja überhaupt nicht."

„Du hast ja keine Ahnung, was im Büro los ist", stöhnte Rolf, „da geht es drunter und drüber, das kannst du mir glauben! Und wenn ich vollkommen müde nach Hause komme, soll ich hier weiter arbeiten?"

„Oh, der Herr hat viel Arbeit im Büro", höhnte Elke, „aber was treibst du denn da schon? Rennst von einer Geburtstagsfeier zur nächsten, denn in eurem großen Amt hat doch fast jeden Tag einer Geburtstag. Ansonsten knutscht du mit dieser Katja rum, sofern du nicht gleich mit ihr ins Bett gehst oder sie im Büro nagelst."

„He, das war einmal, das ist vorbei, und es war eine Riesendummheit! Das habe ich dir damals gesagt und dazu stehe ich! Aber das hat nichts mit der Hausarbeit zu tun! Und überhaupt finde ich es schlimm, wie abwertend du von meiner Arbeit sprichst. Du hast doch überhaupt keinen Schimmer von meinem Job oder den Strukturen, unter denen ich arbeiten muss!"

„Frank arbeitet auch bei euch, schon vergessen? Sieh dir mal an, wie der sich um den Haushalt kümmert, der macht alles!"

„Ja, weil seine Sandra schwanger ist!", kam es giftig zurück.

„Ja, sie ist schwanger, und sobald das feststand, hat Frank die Hausarbeit übernommen, obwohl Sandra anfangs noch vieles selber machen wollte und auch noch hätte machen können."

„Pff, die hat schnell kapiert, dass ihr Mann ein Trottel ist und sie sich in der Schwangerschaft ein paar schöne Monate machen kann."

„Ein paar schöne Monate?", äffte Elke ihren Mann nach, „Merkst du eigentlich, wie abfällig du da redest?"

„Na hör mal, die beiden haben gevögelt und ihren Spaß gehabt. Jetzt ist halt ein Braten in der Röhre, aber das ist doch noch lange kein Grund, einen solchen Aufriss zu machen: ‚Oh, Frank, ich will dies, ich brauche das' – und der Typ springt. ‚Oh, Frank, ich brauche ein Kissen' – und schon rennt er los. Ich könnte noch viel mehr Beispiele nennen, aber das ist mir zu blöd. Frank lässt sich ausnutzen, so sieht die Realität aus, und Sandra nutzt das aus, indem sie ständig sagt ‚Ich bin doch schwanger, da müssen alle Rücksicht auf mich nehmen' – da kriege ich das Kotzen!"

Elke sah ihren Mann fassungslos an.

„Du hast keine Ahnung von dem, was eine Frau in der Schwangerschaft durchmacht, oder?"

„He, ich bin ein Mann, ich kann so etwas nicht wissen. Das wissen Frauen nur zu genau, und deshalb macht ihr einen Riesenwirbel um die Sache und bauscht sie gewaltig auf."

„Das heißt also, dass ich im Falle einer Schwangerschaft auf keinerlei Rücksichtnahme von dir hoffen kann?"

„Na, nun komm schon, sooo war das ja nun auch nicht gemeint", relativierte Rolf, „aber du musst schon zugeben, dass sich schwangere Frauen ganz schön präsentieren und in den Mittelpunkt drängen – und das alles nur wegen ihrer Füllung."

Während Rolf seine Meinung weiter ausführte, hörte Elke nur noch mit einem Ohr zu. Aus Erfahrung wusste sie, dass bei einer solchen Diskussion keine Argumente halfen, weil er sie wegen fehlender eigener Erfahrungswerte einfach als ‚übertrieben' vom Tisch zu wischen pflegte. Er musste anders überzeugt werden. Ihr war da eine Idee gekommen, über die sie jetzt nachsann, während er weiter über seine Ansicht schwadronierte.

Als Rolf eine Pause machte und Elke Beifall heischend ansah, merkte sie in beiläufigem Tonfall an: „Wenn eine Schwangerschaft in deinen Augen ein absolutes Kinderspiel ist, hast du doch sicher nichts dagegen, eine solche Situation mal durchzuspielen, oder?"

„Hä? Ich bin ein Mann, wie soll ich denn schwanger werden, Dummerchen?"

Elke schloss die Augen und zählte langsam bis Drei, bevor sie antwortete. Auf diese Weise konnte sie ruhig bleiben, wenngleich es ihr schwer fiel: „Ich weiß, dass Männer nicht schwanger werden können, Schwachkopf", diese Spitze konnte sie sich nicht verkneifen, „aber wir könnten das Ganze doch improvisieren. Das wäre dann wie ein Rollenspiel, bei dem du die schwangere Frau und ich der Mann wäre."

„Ein Rollenspiel?" Jetzt war Rolf interessiert, denn er liebte Rollenspiele. Mit Elke hatte er schon einige ausprobiert, und am besten hatten ihm die Doktorspiele gefallen, für die Elkes beste Freundin Marion, die tatsächlich Frauenärztin war, den beiden schon mal ihre Praxis überlassen hatte.

„Ja, ein Rollenspiel", nickte Elke bestätigend, „sogar mit Einbeziehung einer echten Ärztin und einer richtigen Praxis – ich muss nur noch mit Marion reden, aber die wird bestimmt zustimmen. Das wird schon werden." Elke konnte sich ein

Schmunzeln nicht verkeifen, bevor sie fortfuhr: „Vor allem, weil sie dich gründlich untersuchen darf."

Rolf musste bei diesen Worten vor Aufregung heftig schlucken. Noch nie hatte ihn Marion untersucht oder auch nur unbekleidet gesehen, denn bei seinen Doktorspielen mit Elke hatte sie ihre Praxis immer verlassen und es die beiden alleine treiben lassen.

„Du...du meinst, sie wird...wird mich...untersuchen?"

„Natürlich, vor allem deine Genitalien, denn schwangere Frauen müssen da unten ganz besonders gründlich untersucht werden", lächelte ihn Elke vielsagend an.

In seinem Kopf wirbelten die Gedanken.

„Wärst...wärst du...dabei?"

„Natürlich, ich werde doch in meiner Rolle als verantwortungsbewusster Mann meine schwangere Frau nicht alleine zur Frauenärztin fahren lassen. Nein, ich werde mit in die Praxis kommen und bei allen Untersuchungen dabei sein. Also, was ist: Bist du bereit für einen improvisierten Selbstversuch?"

„Ich habe zwar keine Ahnung, wie das funktionieren soll, aber du scheinst ja eine Idee zu haben – und bislang waren deine Einfälle immer einsame Spitze! Also sag mir, was ich tun soll, ich bin dabei!"

„Gut, hör zu: Morgen ist Freitag, da kannst du ganz normal zur Arbeit gehen, während ich mit Marion rede und alle Vorbereitungen treffe. Kannst du für die nächste Woche Urlaub nehmen, auch wenn das so kurzfristig kommt?"

„He, Süße, ich habe meinen Job im Griff und keine Rückstände wie viele andere", prahlte Rolf, „und die paar Termine kann ich verschieben, ich brauche nur noch einen guten Urlaubsgrund für die Kollegen."

„Eine kurzfristige Reise zu einer kranken Verwandten wäre gut", schlug Elke vor, „und da wir uns sicher bei Marion einquartieren können, würde das sogar in gewisser Weise stimmen."

„Bei Marion wohnen? Bei der Frau, die meine Intimstellen untersuchen wird? Wow, was für eine abgefahrene Idee! Die Sache mit der improvisierten Schwangerschaft gefällt mir immer besser! Ich werde im Büro alles organisieren und den Urlaub beantragen, dann können wir loslegen!"

Den Rest des Abends verbrachten die beiden in Harmonie, aber zuerst erledigte Elke die restlichen Hausarbeiten, während sich Rolf irgendeine Sendung auf einem Sportkanal ansah. Während Elke die Arbeiten wie im Halbschlaf erledigte, baute sie ihre Idee zu einem Plan aus und sorgte für den letzten Feinschliff. Als alles in ihrem Kopf fertig war und nur noch umgesetzt werden musste, rief sie ihre Freundin Marion an und erklärte ihr alles. Diese bekam am Telefon zuerst einen Lachkrampf, aber dann war sie Feuer und Flamme!

„Natürlich spiele ich mit, das wird ein Riesenspaß – und für Rolf eine gute Lektion, die er nicht so schnell vergessen wird."

Am anderen Tag kam Rolf wie an jedem Freitag am frühen Nachmittag nach Hause. Elke hatte sich besonders verführerische Wäsche angezogen und empfing ihn darin bereits an der

Haustür. Rolf war im ersten Moment überrascht, aber rasch siegte seine Wollust. Wenige Momente später lag er mit Elke im Bett und die beiden hatten wilden, hemmungslosen Sex.

Als sie sich wieder etwas von ihrem wilden Geschlechtsakt erholt hatten, übernahm Elke das Kommando: „Der Fick gehört bereits zum Spiel. Ab jetzt tust du genau das, was ich dir sage, ohne jede Diskussion, denn sonst würdest du alles kaputt machen. Okay?"

„Alles klar", lachte Rolf.

„Gut, dann geh jetzt unter die Dusche. Danach ziehst du ohne Murren die Sachen an, die ich heute für dich besorgt habe. Nachher fahre ich dich zu deiner Frauenärztin, damit sie dich untersuchen kann."

Bevor Rolf etwas erwidern oder fragen konnte, schenkte ihm Elke ein solch verführerisches Lächeln, dass er sofort alles vergaß. Nur die Sache mit dem Duschen und dem Treffen mit Marion hatte er behalten.

Als er einige Minuten später aus der Dusche trat und sich abgetrocknet hatte, stand Elke vor ihm und hielt ihm Damenwäsche entgegen: Slip, BH, halterlose Strümpfe, Bluse und Rock – es war alles da, was eine Frau an Wäsche braucht. Außerdem präsentierte sie ihm eine Perücke mit langen Haaren. „Damit du wirklich weiblich aussiehst", kommentierte sie lächelnd, „nur auf High Heels habe ich verzichtet, denn erstens bist du ja auch ohne sie schon groß genug, zum anderen bezweifle ich, dass du darin laufen kannst."

Rolf zögerte.

„Soll ich... in diesem Fummel zu... zu Marion fahren?"

Tiefgründig lächelte ihn Elke an: „DU ziehst das ohne Murren an, und ICH fahre DICH zur Frauenärztin."

‚Was für ein Rollenspiel', stöhnte Rolf innerlich, aber der Sex von eben hatte ihm sehr gut gefallen, und er hatte das Gefühl, dass es davon noch mehr geben würde, wenn er mitspielen würde. Zwar wusste er nicht, was von ihm erwartet wurde, aber Frauensachen zu tragen war wohl sein Einstieg. Also zog er alles an, und nachdem Elke ihn begutachtet und für ‚weiblich genug' befunden hatte, setzten sie sich ins Auto und fuhren zu Marions Praxis.

Eigentlich hatte sie Freitagabends geschlossen, so dass Rolf sicher war, dass niemand im Wartezimmer sitzen und es auch keine Arzthelferin geben würde.

Er behielt Recht. Marion hatte sie schon erwartet und ließ die beiden rasch eintreten. Dann warf sie einen Blick auf eine Karteikarte und reichte Rolf die Hand: „Hallo Renate, schön, dass sie zur Untersuchung gekommen sind. Gehen wir doch gleich ins Behandlungszimmer."

„Renate?", raunte Rolf seiner Elke fragend ins Ohr.

„Du brauchst doch einen weiblichen Namen, und Marion hat sich eben für Renate entschieden. Also ist das jetzt dein Name. Ich heiße als dein ‚Ehemann' übrigens Eike."

Kopfschüttelnd folgte Rolf/Renate der Ärztin in das Behandlungszimmer.

„Bitte den Oberkörper freimachen."

Rolf freute sich schon auf die Untersuchung, denn Marion war eine attraktive Frau, der man die fünfzig Lebensjahre nicht ansah. Trotzdem war er angesichts der sterilen Atmosphäre und in Gegenwart der vielen medizinischen Geräte etwas nervös, weshalb seine Finger beim Öffnen der Bluse leicht zitterten. Dass die Knöpfe bei der Damenoberbekleidung immer auf der anderen Seite als bei den Männern sind, erschwerte ihm in Verbindung mit seiner Aufregung das Ausziehen erheblich. Schließlich hatte er es aber endlich geschafft und Bluse sowie BH abgelegt.

Nun folgte eine intensive Untersuchung, bei der auch seine Ohren durchleuchtet worden.

Es dauerte eine Weile, bis Marion fertig war.

„Und jetzt bitte die restliche Kleidung ablegen."

„Äh – alles?"

„Renate, ich bin Frauenärztin und sie sind eine Frau, warum also sollten sie sich schämen? Also bitte, machen sie sich frei." Eine leicht ungeduldige Handbewegung unterstrich die Aufforderung.

Renate/Rolf zog sich etwas zögerlich bis auf den weißen Damenslip, der für einen Arztbesuch ein wenig zuviel Spitze aufwies, aus. Kopfschüttelnd sah ihn die Ärztin an, bevor sie geduldig sagte: „Den Slip bitte auch."

Das war Renate/Rolf nicht unangenehm, denn inzwischen hatte er auf dem dünnen Stoff einen feuchten Fleck entdeckt, der nur von seinem erigierten Glied stammen konnte. Das war nämlich gerade dabei, sein enges und im Vergleich zu Herrenunterhosen sehr dünnes Gefängnis zu sprengen. Als er sich rasch des Höschens entledigt hatte. folgte eine Reihe von weiteren Untersuchungen, die sich zum Teil auch auf den Intimbereich erstreckten. Schließlich führte Marion die unbekleidete ‚männliche Patientin' in den Nachbarraum – und dort stand er, der gynäkologische Stuhl. Renate/Rolf musste sich hineinsetzen, und Marion führte eine Reihe von Untersuchungen durch, von denen er als Mann nichts verstand. Marion fasste ihn mit kühler ärztlicher Professionalität überall an und machte weder vor seinem Poloch oder vor seinem Juwelensäckchen halt, geschweige denn vor seinem Penis. Während sie nach außen jedoch die überlegene Ärztin verkörperte, loderte in ihr angesichts des nackten Mannes ein heißes Feuer der Leidenschaft. Aber sie riss sich immer wieder zusammen und ermahnte sich zur Zurückhaltung.

Die Untersuchung streckte sich, und die ‚männliche Patientin' hatte eine deutlich sichtbare Erektion. Endlich schien Marion mit der Untersuchung fertig zu sein, und als Renate/Rolf gerade aufatmen wollte, drückte ihm die Ärztin einen kleinen Becher in die Hand: „Ich brauche noch eine Urinprobe, dort drüben ist die Toilette."

Zuerst wollte die ‚männliche Patientin' protestieren, aber dann sah ‚sie' zufällig in Elkes Richtung. Diese machte nur eine energische Kopfbewegung, und schon unterdrückte ‚sie' jeglichen Protest. Zum Glück konnte ‚sie' den Becher rasch füllen, und während ‚sie' sich ankleidete, nahm Marion rasch ein paar Untersuchungen an der Probe vor.

Endlich saß eine angezogene Renate/Rolf neben Elke in den Stühlen vor Marions Schreibtisch. Diese strahlte beide an und sagte: „Die Untersuchungen sind eindeutig: Renate ist kerngesund und schwanger! Ich gratuliere!"

„Äh, Moment mal", mischte sich Rolf ein und fiel für einen Moment aus seiner Rolle, „das ist alles? Ich meine, für diese Diagnose der ganze Aufwand?"

„Dummkopf!", unterbrach ihn Elke, „jetzt geht es erst richtig los, nicht wahr, Marion?"

„Ganz genau. Du wirst jetzt, wie von Elke angekündigt, improvisieren. Im Klartext heißt das: Du isst ganz normal, aber du wirst kein großes Geschäft machen. Das Drücken der Kacke in deinem Darm wird das Kind darstellen, und wir werden dir einen kleinen Hauch von Schwangerschaftsatmosphäre geben."

„So ein Quatsch, das klappt doch nie! Wie soll ich denn mein großes Geschäft zurückhalten?"

„Das", meinte die Ärztin kühl, „ist dein Problem! Damit du nicht unerlaubt abtreibst", und als sie seinen irritierten Blick sah, fügte sie mit einem Seufzen hinzu: „damit du deinen Darm nicht unerlaubt entleerst, wirst du ab sofort nur noch unter Aufsicht die Toilette benutzen. Da ihr hier bei mir wohnen werdet, heißt das, dass entweder Elke, ich oder eine meiner Arzthelferinnen dich begleiten werden. Haben wir uns verstanden?"

„Das…das geht doch nicht, ich meine…ein Toiletten-gang…das ist doch, äh, intim, da kann doch kein anderer ne-ben mir stehen."

„Doch, und wie das gehen wird", beschied ihn die Ärztin, „ab sofort schon. Das ist eine ärztliche Anweisung, Renate, und ich hoffe, dass sie nichts Unüberlegtes tun werden."

„Okay", beschwichtigte Rolf, „Elke und du, Marion, okay – aber nicht die Arzthelferinnen! Was sollen die denn von mir denken, wenn sie mich in Frauenkleidern sehen?"

„Wahrscheinlich werden sie es geil finden", kam Marions ungerührte Antwort. Dass sie mit ihren beiden Helferinnen eine Beziehung unterhielt und sie in wechselnder Besetzung oder gemeinsam alle drei erotische Spielchen machten und deshalb die Diskretion der beiden Arzthelferinnen verlässlich war, erwähnte sie nicht.

Die Diskussion dauerte noch ein paar Minuten an, aber schließlich gab Rolf nach, weil Marion ihm versprach, nur eine Arzthelferin, die schon bei unkonventionellen Behandlungen anderer Patientinnen oder von deren Männern geholfen hatte und auf deren Diskretion absoluter Verlass war, einzuweihen.

Nachdem die weitere Vorgehensweise geklärt war, kehrten Rolf und Elke in ihre Rollen zurück. Gleich darauf führte Dr. Marion ihre Gäste, die jetzt wieder Renate und Eike statt Rolf und Elke hießen, in den Wohnbereich des Hauses und zeigte ihnen das Gästezimmer. Während sich Elke für ihre Männer-rolle an Rolfs Sachen bedient hatte und einfach die Hosenbei-ne und Hemdsärmel hochkrempelte, gab es für Rolf in seiner

Rolle als Renate neue Wäsche, da ihm die seiner Frau nicht passte. Elke hatte also mehrere Slips, BHs, zwei Nachthemden und drei Röcke mit dazu passenden Blusen gekauft, dazu lagen sieben Paar halterloser Strümpfe in ‚Renates' Schrank.

„Die Wäsche reicht doch nie!", moserte Renate/Rolf.

„Keine Sorge, so lange wird das Spiel nicht dauern", erwiderte Eike/Elke, „und außerdem können wir unsere Sachen bei Bedarf mit denen von Marion waschen."

Die nächsten zwei Tage verliefen recht normal. Renate/Rolf musste zwar in Frauenkleidung einiges an Hausarbeit verrichten, aber Eike/Elke kochte wie sonst auch und zauberte sehr gute und überaus leckere Speisen, bei denen ‚sie' herzhaft zugriff. Außer dem kleinen Geschäft hatte ‚sie' noch nichts ausscheiden müssen, aber am Ende des zweiten Tages spürte ‚sie' erstmals ein leichtes Drücken im Darm.

„Das ist das Kind", erwiderte Eike/Elke ungerührt, „mach deshalb nicht so viel Lärm."

„Aber das drückt so, ich muss aufs Klo!"

„Vergiss es, das ist nur der letzte Schwangerschaftsmonat."

‚Renate' starrte ‚ihren Mann' unsicher an. War das jetzt ernst gemeint oder doch nur ein Spaß auf ‚ihre' Kosten? Kopfschüttelnd wandte ‚sie' sich wieder dem Fernseher zu. Das Drücken ließ irgendwann nach und verschaffte ‚ihr' eine Atempause.

Am dritten Tag war ‚sie' im Bad von ‚ihrem' leicht geschwollenen Bauchbereich entsetzt. Eike/Elke dagegen meinte nur ungerührt: „Endlich sieht man mal was von deiner Schwangerschaft!" Das angebotene ‚High Five' übersah ‚sie' geflissentlich.

„Hoffentlich platzt die Bauchdecke nicht!", jammerte ‚sie' stattdessen und konnte den Blick nicht vom Spiegelbild abwenden.

„Unsinn, da passiert nichts, Marion hat mir alles erklärt, da kann nichts passieren."

„Ach ja, und wie geht das jetzt weiter? Erklär mir das doch bitte mal!"

„Keine Sorge", beschwichtigte Eike/Elke, „das geht jetzt ganz zügig! Irgendwann wirst du es nicht mehr aushalten und das große Geschäft kaum noch zurückhalten können. Du wirst dich vor leichten Schmerzen krümmen, und das werden wir dann als die improvisierten Wehen darstellen. Wenn du dann unkontrolliert lospullerst, wird das in unserem Spiel die geplatzte Fruchtblase symbolisieren. Den Rest der ‚Geburt' übernimmt dann Marion. Alles ganz einfach, nicht wahr?"

„Aber…"

„Kein ‚Aber'! Wenn du jetzt abbrechen willst, gestehst du, dass Männer im Allgemeinen und du im Besonderen riesengroße Waschlappen und ihr uns Frauen unterlegen seid, weil wir viel mehr als ihr Männer ertragen müssen und können! Wenn du jetzt abbrechen willst, werde ICH in Zukunft in unserer Ehe den Ton angeben, kapiert!?!"

„Nein, keine Sorge, ich werde durchhalten!", knurrte Renate/Rolf, deren Sportsgeist erwacht war. Genau in diesem Augenblick rumorte es jedoch gewaltig in ‚ihrem' Darm, und Renate/Rolf krümmte sich leicht zusammen. Sein eben noch gezeigter Trotz bekam abrupt einen Knacks. Zudem entfuhr ‚ihr' plötzlich mit lautem Getöse ein Darmwind, was ihr' zwar einerseits extrem peinlich war, weil es erstmals in dieser Intensität und Lautstärke vor Eike/Elke geschah, andererseits verschaffte ‚ihr' genau das wieder etwas Erleichterung.

Im weiteren Verlauf des Tages wollte ‚sie' eigentlich weniger als an den Vortagen essen, aber das ließ Eike/Elke nicht zu. Sie ging in der Rolle des fürsorglichen und um das Wohl der Gattin besorgten ‚Ehemannes' geradezu auf und verlangte von Renate/Rolf, die übliche Menge zu sich zu nehmen, und während ‚sie' im weiteren Tagesverlauf in Gegenwart von Eike/Elke oder Marion lächelte und aufrecht ging, krümmte ‚sie' sich außer Sichtweite der beiden Frauen immer häufiger zusammen, weil der Darm so drückte.

„Verflucht, ich halte das nicht mehr lange durch!", murmelte Renate/Rolf vor sich hin. Aber aufgeben oder sich auch nur eine Blöße geben, wollte ‚sie' sich angesichts der Herausforderung auch nicht. Also litt ‚sie' im Verborgenen weiter, aber das Durchhalten fiel ‚ihr' immer schwerer.

Am vierten Tag war ‚ihre' Bauchdecke noch weiter angeschwollen. Jetzt ließen Eike/Elke und die von Marion abgestellte Arzthelferin Sabine ‚die Patientin' nicht mehr aus den Augen. Damit war es mit den heimlichen Krümmungen und stillen Leiden vorbei, denn jetzt sah ihm immer mindestens eine Frau bei den Leiden zu. Renate/Rolf hatte in der gesamten Wohnung keinen unbeobachteten Moment mehr.

Erschwerend kam hinzu, dass ihm ab diesem Morgen nur das Tragen von Slip, BH und Nachthemd erlaubt war, weil die ‚Entbindung' in Kürze erfolgen würde und ‚sie' deshalb wie die Frauen im Krankenhaus gekleidet sein sollte. Für Renate/Rolf war das Herumlaufen in diesem Aufzug mit seiner angespannten Bauchdecke ganz besonders vor Sabine peinlich, allerdings nicht so peinlich wie die ‚ihrem' Körper immer wieder entweichenden Darmwinde.

Schließlich spitzte sich der innere Drang nach Darmentleerung weiter zu, die Situation wurde für Renate/Rolf immer unerträglicher. Es war nur noch eine Frage der Zeit, bis sich der Köper über das vom Gehirn verhängte Verbot der Entleerung hinwegsetzen würde.

„Das sind die Wehen", hatte Marion diesen Zustand knapp diagnostiziert, und an Eike/Elke und Sabine gewandt fuhr sie fort: „wenn es losgeht, bringt ihn runter zur Entbindung."

Das war leicht gesagt, denn Renate/Rolf, der seine Darmentleerung nur noch mit äußerster Not verhindern konnte, litt so sehr, dass ‚sie' kaum noch gehen konnte. ‚Ihr' Gang, der von Tag zu Tag etwas staksiger geworden war, wurde nun zu einem abgehackten Trippeln, das immer wieder von Pausen unterbrochen wurde, was ein Vorwärtskommen erheblich erschwerte.

Schließlich entfuhren ihm in der Wohnung kurz hintereinander mehrere extrem laute Darmwinde, und dem Geruch nach zu urteilen war auch etwas Stuhlgang dabei. Renate/Rolf hatte diese Entladung kommen gefühlt und zu unterdrücken versucht, denn vor Eike/Elke und Sabine wollte ‚sie' sich nicht so gehen lassen. Durch diesen Versuch war ‚sie' jedoch zu sehr auf die hintere Körperöffnung konzentriert gewesen, so dass vorne ein kräftiger Strahl Urin widerstandslos in den dünnen Baumwollslip schießen und diesen sofort durchnässen konnte. Aus dem Damenslip heraus lief ein Teil des Saftes ‚ihre' Beine hinunter, während ein anderer Teil durch den Zwickel auf den Boden tropfte, wo sich sofort eine gelbe Pfütze bildete. Arzthelferin Sabine reagierte sofort und rief Eike/Elke zu: „'Sie' muss sofort runter zur Entbindung, die Fruchtblase ist geplatzt!"

Mit Hilfe von Sabine und Eike/Elke wurde Renate/Rolf in einen für dieses Rollenspiel reservierten Raum geführt. Das war unproblematisch, weil gerade nur wenige Patientinnen die Praxis aufsuchten.

„Der Geburtssaal", bemerkte Sabine lapidar und zeigte auf den Raum.

Renate/Rolf war das alles inzwischen vollkommen egal. ‚Sie' bemerkte nicht einmal, als Sabine ‚ihr' das Nachthemd und den BH abnahm sowie den nassen Slip auszog, so sehr war ‚sie' mit sich selber beschäftigt. Rasch zog ‚ihr' Sabine ein frisches Nachthemd an, allerdings verzichtete sie diesmal auf das Anlegen von Unterwäsche.

„Ich will kacken, verdammt!", rief Renate/Rolf.

„Nur die Ruhe", ertönte Marions Stimme von der Tür, „ich bin Ärztin und werde ihnen bei der Geburt helfen."

Inzwischen hatten Sabine und Eike/Elke die ‚männliche Patientin' auf eine Liege gebettet. Ungerührt schob Marion das dünne Nachthemd bis zu ‚ihrer' Brust hoch, dann spreizte sie die Beine der ‚Patientin'. Als sie bemerkte, dass Renate/Rolf kurz davor war, sich zu erleichtern, kommandierte sie barsch: „Stopp! Noch nicht, warte noch!"

Die ausgestreckte Lage mit den aufgestellten Beinen ließ Renate/Rolfs ohnehin ermüdenden Widerstand gegen den mit Wucht in Richtung Ausgang drängenden Darminhalt immer schwächer werden.

„Sabine, hol warmes Wasser, kein heißes, und Handtücher."

Sofort rannte die Angesprochene los.

Während ihrer Abwesenheit hielt Eike/Elke die Hand ihrer ‚Ehefrau'. Marion verbot der ‚Patientin' ständig das Erleichtern, obwohl ‚ihre' Qual kaum noch zu beschreiben war.

„Du musst durchhalten, bis Sabine mit dem Wasser und den Handtüchern da ist!", befahl Marion

„Wa...warum sind...die Sachen...nicht...schon hier?", jaulte Renate/Rolf schwach.

„Weil wir dir etwas bieten wollen", lautete Marions saloppe Antwort.

„Bitte...bitte lasst mich doch jetzt...endlich..."

„Noch nicht, warte noch!"

Endlich, nach einer für Renate/Rolf gefühlten Ewigkeit, tauchte Sabines Blondschopf in seinem Blickfeld auf.

„Alles da", meldete sie.

„Na gut, Renate", begann Marion, „dann leg mal los: Pressen, pressen, pressen!"

Diese Aufforderung hätte auch einmal gereicht, denn schon nach dem ersten Ausruf entlud sich Renate/Rolf – kaum war ‚ihr' Darm halbwegs entleert, begann sich seine Blase zu entleeren. Gleich darauf war die Liege mit Exkrementen überschwemmt, während sich rasch ein überaus unangenehmer Geruch in dem Raum ausbreitete.

Dann war es geschafft! Renate/Rolf hatte sich vollkommen entleert und lag nun schweißnass und völlig erschöpft auf der Liege.

Aber noch war das Rollenspiel nicht zu Ende: Marion trat an ihn heran, und bevor ‚sie' irgendwie reagieren konnte, hatte sie ihm mit den Worten „Dein Baby" einen Klumpen seines Stuhlgangs auf die Brust gelegt. „Du solltest es küssen, wie Mütter das mit neugeborenen Babys machen!", fügte sie hinzu.

Beim Ablegen der Notdurft auf seiner Brust war Renate/Rolf erst in Schockstarre verfallen, aber dann stieg ‚ihr' der Geruch in die Nase und sofort begann ‚sie' zu würgen. Schnell war Sabine mit einem Eimer zur Stelle, und Renate/Rolf übergab sich, während Eike/Elke verhinderte, dass ‚sie' von der Liege fiel. Marion entsorgte in der Zwischenzeit den Stuhlgang. Das Rollenspiel war beendet.

Als es Rolf wieder etwas besser ging, führten ihn die drei Frauen in die obere Wohnung. Während sich Marion aber gleich wieder in ihre Praxis begab, kümmerten sich Elke und

Sabine um ihn: Sie zogen ihn aus und Elke duschte ihn gründlich ab, während Sabine für alle Fälle den Spuckeimer in Bereitschaft hielt.

Endlich war Rolf wieder sauber und trocken. Elke zog ihm eine von seinen Boxershorts an, dann durfte er sich aufs Sofa legen.

Irgendwann war Marions Sprechstunde beendet und sie stieß zu der kleinen Gruppe.

„Dein ‚Kind' hat es nicht geschafft, es war eine Fehlgeburt", erklärte sie sanft in Rolfs Richtung.

„Das...das habe ich...gerochen", stammelte dieser matt, aber lächelnd. Dann wandte er sich an Elke: „Du hast recht, Schatz, ihr Frauen macht eine Menge durch, wovon wir Männer keinen Schimmer haben, wahrscheinlich nicht nur bei einer Geburt. Ich habe verstanden und werde mich bemühen, viel mehr Rücksicht auf dich zu nehmen, versprochen!"

Elke streichelte einfach nur seinen Kopf. Den Rest der Woche verbrachten sie und Rolf bei Marion und Sabine, und während er sich von den Strapazen der letzten Tage erholte, sprachen die drei Frauen lange und ausgiebig über das Unwissen der Männer und ihre daraus resultierende Arroganz. Aber zumindest einer hatte nun eine Lektion bekommen - und sie sogar gelernt.

Weihnachtsgeschichten

.

Offenbarung in der Weihnachtszeit

Es war zwei Tage vor dem Heiligen Abend. Während draußen
der Schnee die Landschaft bedeckte und Heerscharen von
Vögeln die von Menschen geschaffenen Futterstellen bevöl-
kerten, wurden die Häuser von Kerzenschein erleuchtet und
von dem Duft nach Weihnachtsgebäck durchzogen. Obwohl
mancher noch nicht das richtige Weihnachtsgeschenk für seine Liebste gefunden hatte und deshalb in leichte Hektik ver-
fiel, herrschte weitgehend eine friedliche und entspannte Atmosphäre. Das nahe Weihnachtsfest warf seinen friedvollen
Schatten voraus.

Auch im Hause der Krügers herrschte weihnachtliche Atmosphäre: Während Beate in der Küche eine weitere Ladung
Kekse in den Backofen schob, hatte sich ihr Mann Tobias in
seine Werkstatt zurückgezogen. Früher hatte er immer beim
Weihnachtsbacken geholfen, aber nach zwanzig Jahren Ehe
hatte die anfängliche Begeisterung für gemeinsame Aktivitäten
mehr als spürbar nachgelassen. Das galt für alle Bereiche,
auch den sexuellen. Gerade hier waren die gemeinsamen
Vergnügungen fast völlig zum Erliegen gekommen. Vielleicht
lag es daran, dass Tobias im Grunde seines Herzens ein Ma-
sochist war und liebend gerne eine entsprechende Beziehung
mit Beate geführt hätte. Von ihrem ganzen Wesen her wäre
Beate eine gute Domina gewesen, davon war er überzeugt.
Kurz nach dem Beginn ihrer Beziehung, als sie etwas gefes-
tigter war, hatte Tobias diskret vorgefühlt, ob sie dieser Vari-

ante einer Beziehung aufgeschlossen gegenüber stehen würde. Leider zeigte sich Beate ablehnend. Vielleicht hatte sie nicht verstanden, worauf er hinauswollte, aber möglicherweise hatte sie auch ganz bewusst abgelehnt. So kam es also, dass die beiden eine ‚normale' Ehe führten und sich ihre sexuellen Aktivitäten niemals aus dem ‚Vanilla-Spektrum' entfernt hatten.

Als Folge dieser ‚Blümchensex-Ehe' lebte Tobias seine Neigung im Geheimen durch das Lesen einschlägiger Magazine aus, Besuche in einschlägigen Studios traute er sich nicht wegen der verräterischen Spuren, die Peitsche und Rohrstock hinterlassen. Damit Beate nichts von seiner heimlichen Lust mitbekam, hatte er sich im hintersten Winkel seiner Werkstatt einen abschließbaren Schrank aufgebaut, in dem seine Hefte und Bücher verstaut waren. Ein altes, verschlissenes Sofa hatte er ebenfalls in sein Refugium gerettet. Weil Tobias den vorderen Teil der Werkstatt bewusst schmutzig hielt und immer wieder erklärte, dass eine Werkstatt eben so sein müsse, hatte Beate in der Annahme, dass der ganze Raum vollkommen verdreckt und ölig wäre, seit Jahren keinen Fuß mehr dort hinein gesetzt. Die Werkstatt war also Tobias Rückzugsraum und hier konnte er zumindest in der Phantasie sein Faible ausleben.

Auch heute, zwei Tage vor Weihnachten, war er wieder in seiner Werkstatt mit dem Lesen eines SM-Magazins beschäftigt. Dank seines Urlaubs konnte er den Tag zu Hause verbringen und brauchte nicht in die Kälte hinaus. Plötzlich tönte

Beates Stimme an sein Ohr: „Schatz, ich fahre dann zum Friseur wegen meines Termins! Die Kekse sind fertig, du brauchst dich also nicht darum zu kümmern."

„Wann bist du wieder zurück?", rief er zur Tür, die er wegen der vielen Regale nicht sehen konnte.

„Ich will anschließend noch ein paar Sachen einkaufen, also kann es drei bis vier Stunden dauern", kam als Antwort zurück.

Kurz darauf hörte Tobias den Motor ihres Wagens anspringen und lauschte dem leiser werdenden Geräusch. Kaum war der Motorenlärm verklungen, als er aus seinem Schrank eine DVD nahm und ins Wohnzimmer eilte. Aus Erfahrung wusste er, dass Beates Zeitangabe zutreffen würde, sodass er genug Zeit für das Ansehen seiner neuen SM-DVD haben würde. Danach würde er sich wieder in seine Werkstatt zurückziehen und sich seinen Magazinen widmen.

Der Film benötigte nur eine kurze Eröffnungssequenz und ging sogleich zum Wesentlichen über. Während auf der Mattscheibe schon nach fünf Minuten ein männlicher Sklave von einer überaus attraktiven Herrin bestraft wurde, wuchs in Tobias das Lustgefühl. Kaum hatte er jedoch seine Hose geöffnet und sein Glied in die Hand genommen, als plötzlich eine weibliche Stimme neben ihm bemerkte: „Dir scheint der Film ja sehr gut zu gefallen!"

Entsetzt fuhr Tobias herum, das entblößte Glied noch immer in der Hand. Es war aber nicht Beate, die da seelenruhig im

Sessel saß und ihn mit einem spöttischen Lächeln betrachtete, sondern eine vollkommen fremde Frau.

„Wer...Wer sind Sie?", brachte Tobias schließlich mühsam heraus.

„Ich bin die Geilheit", kam die Antwort, „Meine Gebieterin, die Lust, schickt mich zu dir."

„Sie... Sie wollen mich verarschen!", platzte es aus ihm heraus, aber merkwürdigerweise konnte Tobias dabei keine Wut verspüren. Wie war das möglich? Als hätte die Fremde seine Gedanken erraten sagte sie: „Meine Schwester, die Wut, hat sich heute von dir abgewandt. Du brauchst also nicht versuchen, wütend zu werden, es wird dir nicht gelingen."

Tobias schüttelte mit dem Kopf und wandte sich rasch einer dringenderen Frage zu: „Wie sind Sie überhaupt hier hereingekommen?"

„Ich bin die Geilheit aus der Familie der Gefühle. Wir sind andere Wesen als ihr Menschen, deshalb kennen wir keine Grenzen, schon gar nicht die von euch Menschen aufgezogenen künstlichen Barrieren, die ihr Mauern nennt. Wir kommen überall hinein oder heraus. Aber ich bin nicht hierher geschickt worden, um dir das zu erklären. Lass uns also gleich zum eigentlichen Grund meines Besuches kommen."

Tobias hatte sprachlos zugehört, aber es war ihm deutlich anzusehen, dass er den Inhalt der Worte nicht erfasst hatte. Vielleicht war er auch nur von dem Anblick der Frau, die sich Geilheit nannte, abgelenkt worden: Ihr Oberkörper steckte in einem engen schwarzen Lacktop, das lediglich den Brustkorb bedeckte und mit Spaghettiträgern über die Schultern lief. Vorne wurde es von roten Schnüren verschlossen, die die Busen auf anregende Weise nach oben drückten und dank des tiefen Dekolletees gut zur Geltung brachten. Die Arme steckten von den Fingerspitzen bis zum Oberarm in roten Lackhandschuhen, was hervorragend mit dem schwarzen Oberteil und dem extrem kurzen schwarzen Lackrock kontrastierte. Die Beine wurden von schwarzen Netzstrümpfen verziert und steckten in kniehohen schwarzen Stiefeln. Das lange und als Löwenmähne getragene rote Haar passte hervorragend zu der Kleidung. Tobias musste bei dem Anblick der Fremden mehrmals schlucken, dabei hatte er das Gefühl, dass ihm der Atem stocken würde.

Nachdem er den Anblick der fremden Frau eine Weile genossen hatte, versuchte er sich wieder auf die Gegenwart zu konzentrieren: „Was wollen Sie hier?", fragte er schließlich.

„Meine Gebieterin, die Lust, schickt mich. Sie sagt, dass du ein unglücklicher Mensch wärest. Meine Gebieterin will dich von diesem traurigen Empfinden befreien. Schließlich ist Weihnachten, da sollen die Menschen glücklich und fröhlich sein, weil ihre Wünsche in Erfüllung gehen. Dein seit Jahren geduldig gelebtes Verdrängen deiner innigsten Wünsche hat meine Gebieterin bewogen, dir ihre Gnade zuteil werden zu lassen."

„Moment, Moment", unterbrach sie Tobias, „Da komme ich nicht mit! Wovon reden Sie eigentlich die ganze Zeit? Wie sind

Sie hier hereingekommen? Was wollen Sie überhaupt von mir?"

„Ich will deinen Gefühlen zum Leben verhelfen", war die Antwort. Als Tobias die Frau, die sich Geilheit nannte, verständnislos anstarrte, ergriff sie seine Hand. „Komm, ich werde dir etwas zeigen", sagte sie.

Bevor Tobias reagieren konnte, entstand um die beiden herum ein merkwürdiger Wirbel aus grauem Nebel. Tobias wurde nervös.

„Was ist das?"

„Das ist der Wirbel der Zeit. Weil du dich gegen dein eigenes Empfinden wehrst und uns Gefühlen die Freiheit verwehrst, müssen wir an den Anfang unserer Unterdrückung reisen, also in die Zeit kurz vor deiner Hochzeit."

Tobias wollte gerade entgegnen, dass das vollkommener Blödsinn sei, als sich der Nebel plötzlich lichtete. Kurz darauf befanden sie sich in einem Sex-Shop. Tobias glaubte zunächst an einen Irrtum, aber dann gestand er: „Das sieht aus wie der alte Laden, in dem ich meine ersten Magazine gekauft habe."

„Er ist es."

„Unmöglich, der Laden wurde zusammen mit dem ganzen Komplex vor einigen Jahren abgerissen!"

„Er ist es", beharrte die Geilheit. „Da drüben siehst du dich vor dem Regal mit den SM-Magazinen. Du scheinst von dem Angebot ganz verzückt zu sein."

Tobias folgte ihrem Blick und wieder glaubte er an einen Streich seiner Augen: Der Typ dort vor dem Regal sah aus wie er, nur eben zwanzig Jahre jünger.

„Geh ruhig hin", sagte die Geilheit, „Das ist die Vergangenheit, hier ist alles gewesen, sodass sie dich weder hören noch sehen können."

Langsam ging Tobias auf sein Ebenbild zu. Tatsächlich, das waren die gleichen Sachen, wie er sie früher immer getragen hatte. Ein Blick in das Regal zeigte ihm zudem Ausgaben von Heften, die vor zwanzig Jahren aktuell gewesen waren, manche Titel gab es schon seit vielen Jahren nicht mehr.

Bevor Tobias den Anblick der alten Örtlichkeit verdaut hatte, nahm ihn seine Begleiterin wieder bei der Hand. „Komm", sagte sie, „Ich zeige dir noch etwas." Gleich darauf waren sie wieder von dem grauen Nebel eingehüllt. Diesmal löste er sich aber gleich wieder auf. Überrascht erkannte Tobias das Studio von Herrin Rosi, bei der er seine ersten praktischen SM-Erfahrungen gemacht hatte. Als er sich in dem Studio umblickte, sah er wieder sein Ebenbild, diesmal jedoch nackt: Die Arme wurden von Ketten nach oben gezogen, während die Beine von einer Spreizstange weit auseinander gezogen wurden. Dann trat Herrin Rosi in sein Blickfeld: „So, du Sklavenschwein hast also ohne meine Erlaubnis eine Frau gevögelt! Zur Strafe werde ich dir die Eier lang ziehen und was ist dafür besser geeignet als ein paar hübsche Gewichte?"

Tobias lief es eiskalt den Rücken herunter. Das war eine Szene aus der Zeit, in der er bereits mit Beate zusammen war.

In dieser Sitzung hatte er Herrin Rosi den ersten Sex mit Beate gestanden und wurde von der Domina bestraft, weil er sie entgegen ihrer Absprache vorher nicht um Erlaubnis gefragt hatte.

„Was geht hier vor?", flüsterte er seiner Begleiterin zu, die das Geschehen interessiert betrachtete.

„Das ist dein Leben gewesen, wie du es vor deiner Ehe geführt hast. Wenn ich das richtig sehe, bist du damals trotz der Bestrafungen sehr glücklich gewesen, oder?"

„Ja", seufzte er und dachte sehnsüchtig an die alten Zeiten zurück, während im Hintergrund Herrin Rosi begann, sein Ebenbild mit dem Rohrstock zu bearbeiten, wodurch die Gewichte an seinen Genitalien in beängstigende Schwingungen versetzt wurden. Wieder spürte er die Panik von damals in sich aufsteigen, weil er ein Abreißen seiner Hoden befürchtet hatte. Aber schon wurde dieses Gefühl von einer großen Traurigkeit überlagert, hervorgerufen von der Wehmut über die vergangenen schönen Stunden und auch darüber, dass er Herrin Rosi, die für ihn mehr als nur eine bezahlte Domina gewesen war, wegen Beate von einem Tag auf den anderen nicht mehr aufgesucht hatte.

„Was ist aus Herrin Rosi geworden?", fragte er flüsternd.

„Sie war zuerst sehr enttäuscht, dass du nicht mehr gekommen bist, immerhin warst du ihr Lieblingssklave. Deshalb hat sie dir auch immer einen sehr günstigen Preis gemacht, damit du möglichst oft vorbeikommst, aber das hast du wahrscheinlich nicht gemerkt. Herrin Rosi hatte vor, mit dir eine richtige

Beziehung einzugehen, allerdings hätte es in euren vier Wänden immer so sein sollen, dass sie die Herrin und du der Sklave gewesen wärst. Sie wusste damals nicht, ob du schon reif für eine entsprechende Frage gewesen bist, deshalb hat sie noch gewartet. Deine Beziehung zu Beate hat sie dann völlig unerwartet getroffen. Sie hat dir aber dein Glück gegönnt und dir nichts von ihren Träumen mit dir erzählt. Nach ein paar Monaten hat sie einen anderen Sklaven zu ihrem Liebling erkoren. Inzwischen hat sie sich aus dem Geschäft zurückgezogen und führt mit ihrem Sklaven nach außen eine normale Ehe, aber innerhalb der Beziehung sieht das anders aus. Im Keller haben sie ein Studio vom Allerfeinsten, mehr brauche ich wohl nicht zu sagen. Nur eines noch: Wärst du damals nicht sang- und klanglos aus Rosis Leben verschwunden, würdest du heute an ihrer Seite leben oder besser: Unter ihrem Stiefel."

„Das habe ich nicht gewusst", murmelte Tobias.

„Na ja, immerhin hast du ja Beate als Ersatz gehabt."

Wieder wurde seine Hand ergriffen und der inzwischen vertraute Nebel hüllte die beiden Zeitreisenden ein. Wieder dauerte es nicht lange und sie befanden sich in einem Wohnzimmer, in dem ein junges Paar bei Kerzenschein unter einem bunt geschmückten Tannenbaum beim Liebesspiel war. Sofort erkannte Tobias das Zimmer und die Situation wieder: „Das ist unser erstes Weihnachtsfest", brachte er hervor, „Beate und ich haben es an dem Abend wie die Wilden getrieben!"

„Ja", entgegnete die Geilheit, „Ihr habt kein Loch ausgelassen. Aber wer hat gesagt, welches Loch in welcher Stellung gerade an die Reihe kommen soll?"

„Ich habe einfach losgelegt, Beate hat mitgemacht."

„Hat es dir gefallen, das Kommando zu haben?"

„Nun ja, es war ungewohnt", räumte Tobias ein. „Und jetzt, wo ich darüber nachdenke, war es irgendwie komisch."

„Es war komisch, weil du kommandieren musstest und nicht einfach nur zu gehorchen brauchtest. Hast du nicht außerdem noch den Geruch von Lack und Leder vermisst, das Sirren des Rohrstocks, das Kriechen auf dem Boden, das Winseln, um endlich Abspritzen zu dürfen?"

Tobias Blick ging ins Leere. Nach einer geraumen Weile kehrte er aus seinem tiefsten Inneren zurück und gestand: „Ja, das habe ich vermisst. Und wie ich das vermisst habe! Aber Beate wollte nichts von SM wissen, ich habe oft genug diskret vorgefühlt."

„Sie konnte nicht wissen, ob sie es wollte, weil sie nicht über deine Erfahrungen verfügte, weder über die praktischen Studioerfahrungen noch über die Kenntnisse aus den Heften und Magazinen. Als Frau hat sie sich nicht getraut, alleine einen Sexshop zu betreten, und ein Dominastudio war natürlich völlig undenkbar. Woher sollte sie also wissen, was du mit deinen Andeutungen gemeint hast?"

„Vielleicht hast du recht", räumte er ein, „Aber jetzt ist es zu spät."

Ohne ein weiteres Wort zu sagen ergriff die Geilheit seine Hand. Danach besuchten sie jedes einzelne Weihnachtsfest, das Tobias und Beate miteinander verbracht hatten. Die überbordenden Lustausbrüche des ersten Jahres wurden von Jahr zu Jahr schwächer, der einst, zumindest optisch gesehen, lustvolle Geschlechtsakt verkam immer mehr zu einer beinahe schon lästigen Pflichtübung.

Als Tobias und seine Begleiterin wieder ein Weihnachtsfest ansahen, wusste er sofort, dass dies der letztjährige Heilige Abend war. Er sah sich um und richtig, dort drüben schmiegte sich Beate in seine Arme und sie kuschelten. Hin und wieder strich seine Hand über ihren prachtvollen Busen und versuchte, die Nippel durch den Stoff ihres dünnen Pullovers zu reizen. Tobias wusste, dass es an jenem Abend nicht zu mehr gekommen war. Er selber hatte sich schließlich, wie schon so oft, im Bad selber befriedigt. Es war seltsam, sich selber in einer längst vergangenen Situation zu sehen und zu erkennen, wie sich etwas über Jahre hinweg entwickelt hatte. Warum hatte er den Zustand ihrer Ehe nicht früher erkannt? Hatte die Frau namens Geilheit vielleicht recht und Beate hatte seine Fragen damals nicht verstanden? Hätte eine Antwort auf seine Fragen etwas geändert oder zumindest ändern können?

Selbstzweifel zogen in ihm hoch. Bevor sie aber von seinem gesamten Denken Besitz ergreifen konnten, hüllte ihn wieder der graue Nebel ein. Die Szene, die sich ihm nun bot, kannte er nicht. Es war sein Wohnzimmer, aber es gab keinen Baum, sondern nur ein Gesteck mit vier abgebrannten Kerzen darin.

Als er sich suchend umblickte, erkannte er sich und Beate, wie sie auf dem Sofa saßen. Zwischen ihnen war mehr als eine Handbreit Abstand und sie unterhielten sich. Als er dem Gespräch eine Weile zugehört hatte, kam er zu dem Schluss, dass das Gespräch nur mühsam vor sich hinplätscherte. Die wenigen Inhalte hätten banaler nicht sein können: Das Fernsehprogramm, die Kälte, die Preise für Weihnachtsbäume. Immerhin sprachen sie miteinander.

„Das ist das Weihnachtsfest im nächsten Jahr", vernahm er die Stimme der Geilheit an seinem Ohr. So wird es aussehen, wenn ihr weiterhin so lebt wie bisher. Nicht einmal mehr Petting gibt es, und das war schon ein Abstieg vom Blümchensex!"

„Was soll ich denn machen?", fragte Tobias resigniert, „Es ist halt alles schief gegangen. Soll ich mich scheiden lassen?"

„Damit würde es auch nicht besser werden, denn dann hättet ihr beide so große finanzielle Sorgen, dass ihr verzweifeln würdet. Aber das ist noch nicht das Ende. Komm, ich will dir noch etwas zeigen."

Kaum hatte die Geilheit ausgesprochen, als der wohlvertraute Nebel sie erneut umwaberte. Diesmal landeten sie in keinem Zimmer, sondern auf einem Friedhof. Ein kalter Wind zerrte an den Mänteln der Leute vor ihnen. Tobias trug zwar keine Winterkleidung, aber dass er nicht fror wunderte ihn nicht mehr, dafür hatte er bereits zuviel erlebt. Auch die Geilheit stand in ihrer eher spärlichen Bekleidung ganz ruhig neben ihm, obwohl sie eigentlich vor Kälte zittern und blaugefroren sein müsste.

„Wo sind wir hier?"

„Erkennst du euren Friedhof nicht? Es ist der letzte Tag vor dem übernächsten Weihnachtsfest, an dem Beerdigungen vorgenommen werden. Heute gibt es nur eine, nämlich deine."

Als sie sein entsetztes Gesicht sah, fügte sie hinzu: „Wenn du deine Gefühle und dein Faible für SM wie schon seit Jahrzehnten unterdrückst, wird dir das zum Verhängnis werden. Ab dem nächsten Jahr wirst du bei dem Anblick von Frauen in Lederkleidung oder in etwas strengerem Outfit in deiner Phantasie SM-Praktiken durchleben. Kurz vor Weihnachten des übernächsten Jahres wirst du dann auf der Straße eine Frau in Lederkleidung sehen, die dich an eine Domina aus einem deiner Magazine erinnern wird. Du wirst der Frau hinterher starren und ganz in Gedanken sein, wenn du die Straße betrittst. Der Lastwagen wird keine Chance zum Ausweichen haben. Aber keine Sorge, von dem Aufprall und deinem Tod bekommst du nichts mit, weil du dich in Gedanken gerade der fremden Frau unterwirfst."

Tobias war geschockt. Der Schreck saß so tief, dass er nicht mitbekam, wie der Nebel sie gnädig einhüllte und von dannen trug. Gleich darauf befanden sie sich in einem Wohnzimmer, dessen Tapete an sein Wohnzimmer erinnerte. An der Seite befand sich nun aber ein großer, bunt geschmückter Tannenbaum, unter dem mehrere Pakete lagen. Tobias glaubte seinen Augen nicht zu trauen als er sah, wie sein mit schwarzen

Lackpants bekleidetes Ebenbild von Beate, die in einem schwarzen Lederkostüm steckte, an einer Hundeleine zum Baum gezerrt wurde. Dort durfte sein Ebenbild die Geschenke öffnen und sich beim Anblick der Dessous für Beate und die für ihn bestimmten Nippelklammern überschwänglich freuen.

„Was ist das denn jetzt?", fragte er ungläubig, „Wo sind wir hier?"

„Das ist das mögliche Weihnachtsfest des nächsten Jahres", erwiderte die Geilheit, „So wird es sein, wenn du dich endlich zu deinen Gefühlen und zu deiner Neigung bekennst."

„Aber... Ich dachte, ich sterbe!"

„Wenn du dich nicht zu deinen Gefühlen bekennst, wird das Verlangen nach SM dein Denken trüben und dich ins Verderben reißen. Dann wirst du den Unfall haben und vor dem übernächsten Weihnachtsfest sterben, ohne je deine wahren Gefühle ausgelebt zu haben. Hättest du dann das Gefühl, ein erfülltes Leben gehabt zu haben?"

„Nein, das hätte ich nicht."

„Dann ändere den Lauf deines Lebens und verhindere den Unfall. Bekenne dich zu deiner Neigung und dein Leben nimmt einen anderen Verlauf."

„Aber was soll ich denn tun? Mich zu meiner Neigung bekennen klingt schön und vor allem einfach – aber wie soll ich das anstellen, wenn ich Beates Reaktion nicht abschätzen kann?"

„Mach, was du früher bei Herrin Rosi getan hast: Leg ein Geständnis ab! Gestehe ihr deine Liebe, deine Ergebenheit und deine Unterwürfigkeit. Der Rest wird sich zeigen. Außerdem darfst du nicht vergessen, dass Beate eine Frau ist: Eine liebende Frau bringt für ihren Mann jedes Opfer, wenn sie spürt, dass er ihre Liebe erwidert! Selbst wenn Beate SM ablehnen sollte, würde sie dir zuliebe bestimmt in die Rolle einer Domina schlüpfen und wer weiß, vielleicht findet sie sogar Gefallen daran! Du müsstest ihr nur erklären, wie das Spiel funktioniert, sie also an deinem Wissen teilhaben lassen. Wenn sich dann jedoch herausstellen sollte, dass sie auch devot ist, sucht ihr euch beide eine gemeinsame oder jeder seine eigene Herrschaft. Es gibt genug Studios und Kontaktmagazine, wo ihr fündig werden könnt. Dafür müsst ihr euch nicht einmal scheiden lassen. Aber bekenne dich endlich zu deiner Neigung, dann wirst du Erfüllung finden! Anderenfalls besteht dein Leben nur aus Verdruss und dem Gefühl, etwas wirklich Wichtiges versäumt zu haben!"

Man konnte sehen, wie es in Tobias arbeitete. Plötzlich kam wieder der Nebel. Als er sich dieses Mal lichtete, fand sich Tobias allein in seinem Wohnzimmer. Überrascht sah er sich um. Plötzlich hörte er Stimmen und dann sah er, dass sie aus dem Fernseher kamen. Die von ihm eingelegte DVD lief noch, aber wie konnte das sein? Sein Blick fiel auf die Laufwerksanzeige und überrascht stellte er fest, dass er nur gute zwei Minuten des Films versäumt hatte. War er eingeschlafen? Hatte er die Zeitreise nur geträumt? Oder war die Frau, die sich Geilheit nannte, doch irgendwie real? Was war geschehen?

In Gedanken versunken näherte sich Tobias dem Sessel, in dem er die Frau, die sich Geilheit genannt hatte, das erste Mal gesehen hatte. Sein Blick fiel auf ein langes rotes Haar, das an der Rückenlehne hing. Es konnte unmöglich von seiner blonden Frau stammen! Sofort kontrollierte er sämtliche Türen und Fenster, aber sie waren alle fest verschlossen. Zurück im Wohnzimmer hob er das rote Haar hoch. Noch während er es in seiner Hand betrachtete, fällte er einen Entschluss, der das Leben von Beate und ihm verändern sollte! Eines stand fest: Beim nächsten Weihnachtsfest würde es einen großen, bunt geschmückten Tannenbaum geben...

Der Geist des Baumes

Ruhig und friedlich lag der verschneite Wald inmitten der Landschaft und dämmerte in seinem Winterschlaf. Eine dünne Schneeschicht bedeckte die Zweige der Bäume, und die von der Natur gelegentlich gehauchten Windstöße ließen sie nur geringfügig erzittern. Zu wenig, als dass sie ihre Schneelast verlieren konnten.

Wie immer im Dezember war der Wald eine vom Rest der Welt abgeschottete Welt. Die Menschen aus den umliegenden Dörfern mieden ihn, weil niemand Lust hatte, bei Minustemperaturen die wenigen Kilometer bis zu diesem Stück Erde zu fahren und dort durch den hohen Schnee zu stapfen. Damit waren die Tiere im Winter unter sich, gemeinsam mit den Bäumen und Pflanzen bildeten sie eine ungestörte Gemeinschaft.

In diesem Jahr war es anders: Die aufmerksamen Rehe hatten die Geräusche sofort gehört und sich tiefer in das Dunkel des Waldes zurückgezogen, von wo sie neugierig und ängstlich zugleich lauschten. Auch die Vögel zogen es vor zu fliehen, auch wenn sie ihre Wissbegier fast um den Verstand brachte.

Dann waren die Geräusche nah, durchbrachen die Stille des Waldes. Ein Motor wurde abgeschaltet, gleich darauf schlug eine Autotür zu. Nach ein paar endlos erscheinenden Minuten durchbrach das Knirschen von Schnee unter Stiefeln die Stille des Waldes. Ein Mann in dicker Winterkleidung folgte zunächst den unter Schnee liegenden und nur vage erkennbaren Wegen, bevor er schließlich an einer bestimmten Stelle in das Unterholz eindrang. Sorgsam achtete er darauf, dass die in seiner Hand befindliche Kettensäge nirgends hängen blieb. Über seiner Schulter hing eine kleine Sporttasche, in der er mehrere aufgeladene Akkus verstaut hatte, mit denen er die Kettensäge antreiben wollte. Mit einem schmierigen Grinsen im Gesicht bewegte sich der Mann vorwärts. In Gedanken an das schöne Geld fuhr seine Zunge gierig über die Lippen. Ja, in diesem Jahr würde er an Weihnachten verdienen! Er würde den Leuten Weihnachtsbäume verkaufen, die weniger als bei den anderen Händlern kosten würden. Dafür würde er sie auch frisch im Wald fällen, weshalb er schon im Herbst nach einer entsprechenden Stelle Ausschau gehalten hatte. Dass der Wald zu einem Naturschutzgebiet gehörte, focht ihn nicht an. Hauptsache, sein Geldbeutel wurde gefüllt, damit er immer Geld für sein Bier und die Kartenspieleinsätze in seiner Stammkneipe und die Nutten in seinem Lieblingspuff hatte. War er deshalb ein schlechter Mensch? Seine Mitmenschen würden das sofort bejahen und ihn als Kriminellen, Trunkenbold und Schläger bezeichnen, der auch seine Frau und die vier Kinder wegen tatsächlicher oder im Suff eingebildeter Kleinigkeiten hart schlug. Er selbst hielt sich dagegen für einen Menschen mit festen Grundsätzen, der in seinem Umfeld nur für Ordnung sorgte. Wer das nicht einsah, machte einen großen Bogen um ihn oder riskierte zumindest ein blaues Auge, gewöhnlich aber gebrochene Knochen. Lediglich bei seiner Familie verzichtete er auf den Einsatz seiner Fäuste, was ihre Knochen heil ließ, aber dafür prügelte er sie mit dem breiten Ledergürtel grün und blau. Andererseits ernährte er sie notdürftig, denn das meiste Geld, an das er auf dubiose Weise gelangte, verbrauchte er für sich und seine Gelüste. Aber immerhin konnte seine Familie von dem wenigen, das er ihnen ließ, irgendwie überleben, und das war schon mehr, als mancher andere Mann von seinem Schlage erlaubte.

Endlich war der Störenfried am Ende seines Weges angekommen. Er hatte eine kleine Lichtung weit abseits der Wege erreicht, in deren Mitte ein morscher Baumstumpf als Überrest eines einst stolzen Baumes aus dem Waldboden ragte. Der Rand der Lichtung wurde von zahlreichen gut und ebenmäßig gewachsenen Tannen umsäumt, die stolz ihre gesunden Zweige präsentierten. Ja, dachte der Mann zufrieden, das war die Stelle, die er nach einigem Suchen im Herbst entdeckt hatte. Sich den Weg dorthin zu merken, war ihm leicht gefallen, denn vor vielen Jahren hatte er in weitaus größeren Wäldern gewildert. Aber das war lange her, an einem anderen Ort und zu einer anderen Zeit. Jetzt war er hier und wollte Geld verdienen. Rings um die Lichtung standen so viele Tannen, dass er viele Familien mit Weihnachtsbäumen versorgen konnte. Ja, das versprach ein gutes Geschäft zu werden, zumal er nur die Kosten für den Transport hatte – die Kettensäge und die Akkus hatte er ja eines Nachts in einem Laden ‚gefunden'.

Rasch warf der Mann einen prüfenden Blick in die Runde. Nachdem er sich vergewissert hatte, dass weder der zuständige Revierförster noch ein einsamer Spaziergänger in der Nähe waren, setzte er den ersten Akku ein, umfasste mit festem Griff die Säge und betätigte den Schalter. Sofort sprang die Kettensäge mit dem für sie typischen Geräusch an, und er setzte sie an den Stamm der ersten Tanne, damit sie in gewohnter Zuverlässigkeit ihr zerstörerisches Werk beginnen konnte.

Plötzlich übertönte hinter ihm eine weibliche Stimme den Lärm der Säge: „Was tust du da, Unhold?"

Erschrocken fuhr der Mann herum, ließ die Säge verstummen und starrte die Sprecherin mit vor Überraschung weit aufgerissenen Augen an. Woher, zum Teufel, kam denn dieses Weibsstück so plötzlich?

Ruhig und majestätisch stand die Frau neben dem Baumstumpf mitten auf der Lichtung. Leichte Windstöße zerzausten sanft ihr langes, schwarzes Haar, ließen es den Kopf umspielen und unterstrichen ihre erhabene Erscheinung. Das Grün ihres Oberteils kontrastierte auf perfekte Weise mit der schwarzen Hose, die ihre Beine so eng umschmeichelte, dass diese endlos lang erschienen.

Der Blick des Mannes wanderte an der Frau auf und ab, von den Füßen hinauf zu dem ebenmäßigen Gesicht und wieder hinunter zu ihren Füßen, die in schwarzen Stiefeln zu stecken schienen. Lediglich an den beiden prallen Ausbuchtungen ihrer Bluse verweilten seine Augen für einen längeren Augen-

blick und schon spürte er die Wollust in seinen Lenden aufsteigen, dass ihm die Hose zu eng wurde. Dennoch nagte in
seinem Gehirn die Frage, woher die Unbekannte so plötzlich
gekommen war.

Noch bevor er jedoch einen Ton sagen konnte, öffnete die
Schönheit wieder ihren Mund und wiederholte mit sanfter,
melodischer Stimme ihre Frage.

Die Empfindungen des Mannes waren zwiespältig: Einerseits wirkte die Erscheinung der Frau unwirklich, beinahe geis-
terhaft und Respekt einflößend, aber anderseits passte es
nicht zu seinem Gemüt, sich von einer Frau ,Unhold' nennen
zu lassen und ihr Rechenschaft über sein Tun abzugeben.
Schon gar nicht, wenn dieses Tun alles andere als legal war.

Schließlich siegte seine rohe Natur und ließ heftigen Zorn in
ihm aufsteigen. Wütend blaffte er die Frau an: „Was bist du
denn für ne Schreckschraube? Verpiss dich, aber 'n bisschen
plötzlich, sonst haue ich dir welche aufs Maul!"

Die Frau wich keinen Millimeter. „Das ist mein Baum", stellte
sie mit ruhiger Stimme fest.

„Was? Was laberst du da? Dein Baum? Hör mal, Süße, ich
war zuerst hier, und deshalb ist das mein Revier. Also hau
endlich ab!"

„Falsch! Ich bin eine Hamadryade, und der Baum, den du
gerade fällen willst, ist mein Zuhause."

Hä?" Der Mann starrte die Frau an und dachte bei sich: ,So
hübsch, aber total krank im Kopf!'. Laut sagte er: „Du spinnst
doch! In einem Baum leben, erzähl das deinem Irrenarzt!"

„Wenn du den Baum fällst, zerstörst du nicht nur mein Zuhause, sondern auch den Baum, mit dem ich verbunden bin. Das ist nicht akzeptabel und deshalb haben wir jetzt ein Problem. Das hättest du vermeiden können, wenn du die Dryaden vor Deinem Tun von deinem Plan unterrichtet und sie um ihre Erlaubnis gebeten hättest."

„Was hätte ich machen sollen? Sind diese Dryden so ne Art Waldmafia?" Leichte Beklemmung machte sich jetzt in dem Mann breit, denn vielleicht gehörte der Wald ja nur vordergründig der Gemeinde, aber tatsächlich hielten hier ganz andere die Hand auf? So, wie bei den Bauunternehmern?

„Dryaden, nicht Dryden", erwiderte die Schönheit derweil ungerührt, „Wir sind Baumgeister und leben in den Bäumen. Eigentlich in Eichen, aber ihr Sterblichen habt den natürlichen Zustand der Wälder verändert, so dass wir seit Jahrzehnten auch mit Tannen und Fichten vorlieb nehmen."

„Hä? Was laberst du da?"

Mit geduldiger Stimme wiederholte die Unbekannte: „Ich bin eine Hamadryade, und lebe nicht nur in dem Baum, sondern bin ein Teil von ihm. Tötest du den Baum, sterbe auch ich. Nur wer die Dryaden anruft und um Erlaubnis zum Fällen eines Baumes bittet, kommt ungestraft davon."

„Jetzt reicht's!" Wütend stellte der Mann die Kettensäge ab und stapfte wutschnaubend auf die Baumnymphe zu. Im gleichen Augenblick begann die Welt um ihn herum zu schwanken, alles drehte sich, oben war unten, unten war oben und vorne war hinten!

Als sich die Welt wieder beruhigt hatte, fand sich der Mann am Boden wieder. Sofort sprang er auf, um sich für den Sturz zu rächen, aber nun erblickte er zahlreiche Frauen, die wie die erste Sprecherin gekleidet waren und sich nur durch Kleinigkeiten in der Physiognomie unterschieden.

„Scheiße!", entfuhr es ihm, „Wo kommt ihr denn plötzlich her?"

Schweigend griffen die Gestalten nach dem Mann, der in aufkommender Panik um sich schlug und angesichts der Übermacht nur noch seinem Fluchtimpuls nachgeben wollte. ‚Weg, nur weg!' hämmerte es in seinem Kopf, aber die Baumgeister ließen ihn nicht ziehen. Blind vor Angst hieb der Mann mit seinen kräftigen Fäusten um sich, aber nie traf er, immer gingen seine Schläge ins Leere. Die Panik steigerte sich zur Raserei, die Silhouetten von Bäumen und Nymphen verschwammen vor seinen Augen, selbst der Waldboden schien erneut nicht mehr an seiner angestammten Stelle unter seinen Füßen zu sein. Der Mann tobte und schrie, aber niemand schien ihn zu hören. Der Wald lag in vollkommener Stille inmitten der Winterlandschaft, und am Waldrand stehend hätte niemand geahnt, dass sich in diesem Idyll ein heftiger Kampf abspielte. Ein Kampf, bei dem ein polizeibekannter Schläger auf einer einsamen Waldlichtung mit Mächten rang, die jenseits seiner Vorstellungswelt lagen.

Endlich fand das ungleiche Kräftemessen sein Ende: Erschöpft und ausgepumpt sank der Mann in den zerwühlten Schnee. Schwarze Schleier senkten sich vor seinen Augen nieder und entführten ihn für einige wenige Augenblicke aus der Wirklichkeit. Doch die Trübung seiner Sinne war nicht von Dauer, und schon verlockten ihn zuckende Lichter zum Öffnen seiner schweren Lider. Was er sah und fühlte, erschreckte ihn zutiefst! Nicht nur, dass er nackt und gefesselt in der Mitte der Lichtung stand, tummelten sich darauf jetzt noch mehr von den weiblichen Gestalten, die alle in der gleichen Kluft wie die zuerst aufgetauchte Frau steckten. Sie saßen oder standen in kleinen Gruppen beisammen, manche wiegten sich im Takt zu einer für ihn unhörbaren Musik. Die gesamte Lichtung erstrahlte in einem unnatürlichen Licht, das die Szenerie bedrohlich erscheinen ließ, sie aber wohl auch wärmte, denn trotz seiner Nacktheit empfand der Mann keine Kälte. Es war eine gespenstische Atmosphäre, die durch die Stille, in der das Treiben vor sich ging, erdrückend wirkte. Angst in nie gekanntem Ausmaße umfasste sein Herz und schien es geradezu zerdrücken zu wollen. Sofort erwachte erneut sein Fluchtinstinkt, aber er war unfähig, seine Füße zu bewegen. Als er an sich hinabblickte, erkannte er den Grund: Seine Füßen steckten in dem Baumstumpf, der ihm schon beim Betreten der Lichtung aufgefallen war, und verhinderte auch nur die kleinste Bewegung.

Als er wieder aufsah, durchzuckte ihn ein neuerlicher Schreck: Alle Frauen standen um ihn herum und betrachteten ihn mit dunklen, geheimnisvollen Augen. Er sah darin keine Wut, keinen Hass, aber dennoch witterte sein in vielen körperlichen Auseinandersetzungen geschulter Instinkt eine Gefahr, die anders als die ihm bekannten war, die er deshalb nicht benennen konnte.

Endlich trat eine der Frauen vor. Angesichts seiner hilflosen Lage blickte ihr der Mann recht ängstlich entgegen und erkannte die Frau, mit der alles begonnen hatte.

„Du bist ein Frevler, ein Sterblicher, der sich an den Wohnungen der Dryaden zu vergreifen wagt", sprach sie mit sanfter Stimme, deren Sanftheit nicht zu dem Inhalt ihrer Worte zu passen schien. Angesichts des Tonfalls fasste der Mann wieder Mut, aber sein Mund war trocken, so dass er statt mit fester Stimme eher krächzend die Frage „Verdammt, wer seid ihr?" hervorstoßen konnte.

„Wie ich dir bereits gesagt habe, sind wir Dryaden, einige von uns sogar Hamadryaden wie ich."

„Ja, ja, aber wo kommt ihr her?"

„Wir leben hier."

„Hier?" Ungläubig starrte der Mann sie an. Dann warf er einen Blick in die Runde, aber keines der Gesichter kam ihm bekannt vor, obwohl er fast alle Bewohner der umliegenden Orte kannte. „Das kann nicht sein, dann müsste ich euch kennen!", schloss er.

„Du hast keine Ahnung, mit welchen Mächten du dich eingelassen hast, nicht wahr?"

„Mächte? Ihr seid Irre! Jawoll, irre, meschugge, plemplem, alle miteinander! Jetzt lasst den Scheiß und macht mich los, sonst werde ich sauer!"

Wütend riss er an seinen Fesseln, aber es gelang ihm nicht, die Handfessel zu zerreißen.

„Bemüh dich nicht, deine Fesseln sind aus Waldgeißblatt, deren Sprossen du nicht zerstören kannst."

Er hörte ihr nicht zu und bemühte sich weiter. Es dauerte einige Zeit, bis er schließlich die Aussichtslosigkeit seines Unterfangens einsah und aufgab. Am liebsten hätte er sich wegen der nun eintretenden Erschöpfung hingesetzt, aber der Baumstumpf verhinderte auch nur eine millimeterweite Veränderung seiner Fußstellung, während ihn eine unbekannte Macht zwang, weiterhin aufrecht stehen zu bleiben.

„Du wolltest freveln, indem du unschuldige Bäume für niedere Zwecke tötest. Dafür wirst du büßen!"

Die Gedanken des Mannes rasten. Er, der immer auf seine Instinkte gesetzt hatte, war nun seiner Möglichkeiten beraubt. Er erinnerte sich an den verlorenen Kampf und sah ein, dass Gewalt sinnlos war. Seine Bemühungen, sich der Fesseln zu entledigen, waren gescheitert, obwohl es doch immer heißt, dass Angst und Verzweiflung die Kräfte eines Menschen verdoppeln würden. Dennoch hatten die Schlingpflanzen an seinen Armen und Beinen nicht nur seiner Kraft, sondern sogar seiner von Wut verstärkten Kraft widerstanden. Vielleicht, schoss es ihm durch den Kopf, sollte er etwas tun, was er noch nie zuvor in seinem Leben getan hatte: Um Gnade bitten?

„Ich…ich wollte Geld verdienen. Wie alle anderen auch!",
begann er seine Verteidigung, „Was ist denn daran so
schlimm?"

„Schlimm ist, dass du die Harmonie zwischen unseren Wel-
ten gestört hast, dass du trotz meines Hinweises nicht von
deinem schändlichen Tun abgelassen hast und bereit gewesen bist, mich zu töten."

„Ne, ne", protestierte er, „ich habe dich nicht umbringen wollen! Du bist aufgetaucht und hast mit deinem dummen Gela-
ber genervt, deshalb wollte ich dir welche donnern, okay, aber
nich' umbringen, nich' wegen ein paar Tannen!"

"Ich habe dich aufgeklärt, und du wolltest nicht innehalten
mit dem Fällen meines Baumes. Damit bist du schuldig."

„He, Moment mal, wieso ich? Was ist denn mit den anderen
Händlern? Von denen verkauft jeder Hunderte von Weihnachtsbäumen; knöpft ihr euch die auch alle vor?"

„Die anderen", erklärte die Nymphe ruhig, „haben ihre Bäume aus Plantagen, die sie eigens für diesen Zweck angelegt
haben. Keine Dryade hat in einem dortigen Baum ihre Wohnung eingerichtet oder zu einem von ihnen eine tiefer gehende
Bindung aufgebaut. Deshalb haben diese Menschen Absolution von den Dryaden bekommen, denn sie haben unbewusst
die alten Regeln eingehalten und mit der Anlage der Plantagen und damit ihrem Handeln um Erlaubnis zum späteren
Fällen gebeten. Das ist zugegebenermaßen nicht ganz der
korrekte Weg, aber da ihre Bindung zu uns vor Generationen
abgebrochen ist, sind wir gegenüber den Nachkommen gnä-

dig, denn sie können nichts für ihre Blindheit gegenüber den Mächten jenseits ihrer kleine Wahrnehmungswelt. Schuld sind ihre Ururahnen, aber dafür verurteilen wir nicht die heute Lebenden, wenn sie sich wenigstens ansatzweise an die alten Regeln halten."

Mit offenem Mund hatte ihr der Mann zugehört. Dann platzte es aus ihm heraus: „Was war denn dann mein Fehler? Würde ich jetzt hier stehen, wenn ich mich auf eine Weihnachtsbaumplantage geschlichen hätte?"

„Nein, dann würden wir dein Tun zwar abscheulich finden, aber für den Diebstahl der Bäume wäre eine andere, nämlich die irdische Gerechtigkeit zuständig. Die Absolution der Dryaden gilt für die Baumplantage an sich und für die sich darin befindlichen Bäume, nicht für den Besitzer. Deshalb ist jeder frei von unserer Rache, der sich dort bedient. Du aber hast in einem geschützten Wald dein schändliches Werk verrichten wollen, wofür dich unsere Strafe treffen wird."

In diesem Moment erkannte er, dass es für ihn keine Gnade geben würde. Mit zitternder Stimme und bebenden Lippen stellte er die entscheidende Frage: "Werdet ihr mich... umbringen?"

„Verdient hättest du es, denn du wolltest Bäume und deren Bewohner töten."

„Scheiße, ich wusste doch nicht, dass es euch gibt! Oder dass Bäume was anderes als Holz sind!"

„Unwissenheit schützt vor Strafe nicht! Gleichwohl du es verdient hättest, werden wir dich nicht töten, aber du sollst das Schicksal der Bäume am eigenen Leib erfahren."

„Wa…was?"

„Die Sprossen des Waldgeißblattes haben dich gebunden und geschnürt, so wie die Netze der Sterblichen die gefällten Bäume einschnüren. Der Stumpf der vor unzähligen Jahren von einem Blitz gefällten morschen Eiche symbolisiert den Ständer, in die ihr die Stämme unserer Bäume presst, nachdem ihr sie mit scharfen Äxten bearbeitet habt. Den Schmerz, den die Klingen entfachen, wirst nun auch du kennen lernen."

„Nein!!!!", schrie er, „Um Himmelswillen, nicht die Füße abhacken! Bitte, bitte nicht!"

Sein Schreien und Flehen half nicht, denn schon zogen ihn Hände vom Baumstumpf weg, der seine Füße überraschenderweise bereitwillig freigab.

Dann lag er rücklings auf dem Waldboden, niedergedrückt von zarten Frauenfüßen in schwarzen Stiefeln. Seine Füße am Ende der eigenen Beine ragten derweil in die Höhe, die nackten Fußsohlen dem dunklen Nachthimmel entgegengestreckt.

Die Frau, die sich als Hamadryade bezeichnet hatte, beugte sich über ihn: „Keine Axt wird dich verletzten, deine Strafe ist nur symbolisch. Während ihr Menschen die Stämme unserer Bäume mit der Axt kürzt und spitzt, werden wir dir nur mit Haselnusszweigen auf die Fußsohlen schlagen, damit du zumindest im Ansatz den Schmerz unserer Bäume am eigenen Leib erfahren wirst."

Er warf ihr einen entsetzen Blick zu, der in einem stummen Flehen endete. Aber die Dryaden kannten kein Erbarmen, zu oft schon hatten die sterblichen Menschen der Umwelt gefrevelt. Die Haselnusszweige trafen hart auf seine Fußsohlen, durchdrangen die dicke Hornhaut und entlockten ihm gellende Schmerzensschreie. Er verlor jegliches Gefühl, alles war nur noch Schmerz, der vom Fußende in sein Gehirn drang und ihn um den Verstand zu bringen drohte. Welle auf Welle durchzog ihn der Schmerz, und löste gewaltige Feuerwerke in seinem Kopf aus. Er wollte sich drehen und winden, aber es ging nicht! Er wollte die Beine anziehen – vergeblich. Selbst die kleinste Bewegung der Füße war ihm unmöglich. Er schrie und litt!

Endlich hüllte ihn eine gnädige Ohnmacht in schmerzfreie Dunkelheit, wo seine aufgewühlten Sinne die dringend benötigte Ruhe fanden.

Als er aus seiner Ohnmacht erwachte, stand er wieder nackt in der Mitte der Lichtung. Erneut wurden seine Füße von dem Eichenstumpf umspannt und an der kleinsten Bewegung gehindert. Von seinen Fußsohlen drangen Schmerzen in sein Bewusstsein, aber zu seiner Überraschung überschritten sie nicht das Maß des Erträglichen. Dennoch waren sie immer in seinem Bewusstsein präsent!

Als er seine Gedanken wieder auf seine Umgebung lenken konnte, stellte er fest, dass er zwar zur Bewegungslosigkeit verdammt, aber nicht mehr gefesselt war. ‚Na klar", ging es ihm durch den Kopf, ‚nach dem Aufstellen im Zimmer werden die Netze entfernt. Scheiße, was kommt jetzt?'

Er bemerkte wie die geheimnisvollen Frauen immer wieder an ihm vorbeigingen, ihn sogar umkreisten. Ihre zuvor ausdruckslosen Gesichter zeigten nun höchste Belustigung, besonders beim Berühren seines Gliedes. Verwirrt registrierte er sowohl das veränderte Verhalten der Frauen als auch die Reaktion seiner Männlichkeit unter den unzähligen Berührungen. Dann drang Stimmengewirr an sein Ohr, aus dem er Wortfetzen und Satzteile entnehmen konnte wie „kleiner Penis", „Falten", ‚schwabbeliges Fleisch" und „Zwergeneier". Ganz offensichtlich machten sich die Frauen über seinen Körper und ganz besonders über seine Genitalien lustig. Der Mann wurde rot vor Zorn, denn schließlich wussten doch alle, dass er den längsten Schwanz im Umkreis von fünfzig Kilometern hatte! Sie hatten das damals, in ihrer Jugend, ausgemessen, und bislang war jede Frau beim Anblick seines Gliedes in helles Entzücken ausgebrochen und jeder Mann am Urinal neben ihm in Ehrfurcht erstarrt. Aber diese Irren lachten, lachten über ihn! Er wollte seinen Zorn hinausbrüllen, aber eine unbekannte Macht hinderte ihn daran, indem sie seinen Mund verschlossen hielt.

Endlich beruhigte sich die Frauenschar und verstummte. Wieder trat die Hamadryade in sein Blickfeld: „Ihr Menschen begutachtet unsere Bäume, lacht über ihre verkrüppelten Äste oder ärgert euch über Lücken in der Fülle der Zweige. Als ob die Bäume sich ihren Wuchs ausgesucht hätten! Die Natur hat sie so werden lassen, aber ihr lacht über sie. Nun aber hast du am eigenen Leibe erfahren, wie erniedrigend diese Begutachtung für unsere Bäume durch ignorante Menschen ist! Wie hilflos sie diese Erniedrigung über sich ergehen lassen müssen! Wie sich ohnmächtige Wut anfühlt! Aber genug damit, nun sollst du die weitere Tortur unserer Bäume erfahren." Damit wandte sie sich zum Gehen.

„Warte! Bitte, warte einen Augenblick!"

Langsam drehte sie sich zu ihm um und sah ihm in die Augen.

„Was denn noch?", hauchte er mit matter Stimme, „Ich habe doch schon verstanden. Lasst mich gehen, bitte!"

„Du darfst gehen, sobald es vorbei ist. So, wie ihr Sterblichen die Bäume nach eurem Fest an den Straßenrand werft, werden wir dich ziehen lassen. Doch zuvor wirst du den Rest der Qualen unserer Bäume nachempfinden."

„Was…was habt ihr vor? Was denn noch alles? Bitte, sag es mir!", flehte der einst stolze Kämpfer und Schrecken der Dörfer und seiner Familie mit angstvoller Stimme, gebrochen auf einer einsamen Lichtung in einer Winternacht der Vorweihnachtszeit.

„Wir wissen, was ihr unseren Bäumen antut, deshalb bereiten wir die Bäume des Waldes auf ihre Zeit des qualvollen Sterbens vor, damit sie gewappnet sind, wenn sie den Sterblichen in die Hände fallen sollten. Auch die Bäume der Plantagen werden von uns auf ihr Schicksal vorbereitet. Deshalb ist es zulässig, dass du über den Fortgang deiner Bestrafung unterrichtet bist. Also höre: Ihr Sterblichen behängt unsere Bäume mit Kerzen, die manchmal aus Wachs sind, manchmal mit Strom betrieben werden. Die Kerzenhalter sind wie Zwingen, die die Zweige zusammenpressen. Wir haben keine Kerzenhalter, aber Sprossen des dir bereits bekannten Geißblattes werden Kastanienschalen wie Klammern überall an deinem Körper befestigen. Das Wachs eurer Kerzen tropft auf die Zweige der Bäume und schmerzt sie, genau wie die Hitze der Elektrokerzen ihre Zweige verbrennt. Damit du diese Qual nachempfinden kannst, werden wir deinen Körper an den Stellen, an denen ihn die Kastanienschalen zwicken, mit heißem Baumharz beträufeln. Nachdem wir deinen ganzen Körper als Ersatz für euer Lametta mit Haselnusszweigen gestriemt haben, werden wir dich mit Tannenzapfen und andere Dinge behängen. Ihr Gewicht wird dem eurer Kugeln, Süßigkeiten und anderen Dingen entsprechen, mit denen ihr unsere Bäume behängt. Wenn wir mit dir fertig sind, werden wir dich in eine Ecke des Waldes werfen, so wie ihr unsere toten Bäume an den Straßenrand werft."

Dem Mann stand vor sprachlosem Schrecken der Mund offen. Er war unfähig, auch nur einen Ton von sich zu geben. Das änderte sich jedoch, als die Ankündigung der Hamadryade in die Tat umgesetzt wurde und seine Tortur begann. Sein Schreien endete erst, als seine Stimmbänder von dem lange Zeit anhaltenden und lauten Geschrei versagten. Seine Folter war mit dem Ende des Geschreis jedoch nicht vorbei...

Die Zeit verging, aber verging sie wirklich? Stille herrschte in dem winterlichen Wald, die Vögel zwitscherten in den Zweigen und im Gebüsch raschelten Eichhörnchen auf der Suche nach einem von ihren Vorratslagern. Ein neugieriges Reh näherte sich im Licht der abendlichen Dämmerung dem Mann, der neben dem Baumstumpf auf der Mitte der Lichtung lag und schlief. Sein Gesicht war von Panik verzerrt, und als seine Arme und Beine heftig zu zucken begannen, floh das Reh in die Dunkelheit des Waldes. Der Mann erwachte von der Heftigkeit seiner eigenen Bewegungen. Verwirrt schaute er in die Runde, drehte seinen Kopf rasch in alle Richtungen. Die Lichtung war leer! Dann sah er an sich herunter, und aufatmend stellte er fest, dass er vollständig bekleidet war. Da begann er lauthals zu lachen, ein merkwürdig krächzendes Lachen, wie bei einer Heiserkeit. ,Ein Albtraum', dachte er dennoch, ,ich bin einem Albtraum aufgesessen!' Ihm fiel ein, dass er vor Beginn seiner ,Arbeit' eine Pause gemacht und ein Brot gegessen hatte. Danach musste er wohl eingeschlafen sein. Rasch wollte er sich erheben, um sein Werk in Angriff zu nehmen und mindestens ein Dutzend Tannen zu fällen, aber plötzlich schmerzte sein gesamter Körper bei jeder kleinen Bewegung.

„Verdammt, was ist das denn", murmelte er, schob es aber auf eine von der Kälte hervorgerufene Steifheit seiner Glieder.

Doch schon bei seinem ersten Schritt schrie er laut auf, weil seine Fußsohlen wie ein Höllenfeuer brannten. Mit aufsteigender Panik sah er sich um.

„Scheiße!", murmelte er vor sich hin, „War das doch kein Traum?"

Rasch sah er sich um. Da! War da nicht eine Bewegung zwischen den Büschen gewesen? Und dort, glühte dort nicht ein Augenpaar? Und wo, verdammt noch mal, war der ganze Schnee, der vorhin die gesamte Lichtung zentimeterdick bedeckt hatte?

Der bei seiner Ankunft friedlich scheinende Wald hatte plötzlich etwas Bedrohliches an sich. Selbst die Bäume schienen näher zu kommen, mit ausgestreckten Zweigen. Träumte er etwa schon wieder? Rasch kniff er sich in die Hand und schrie im gleichen Moment gellend auf: Dann sah er den dunklen Brandfleck auf seiner Haut. Jetzt bekam er es endgültig mit der Angst zu tun! Hastig raffte er seine Kettensäge vom Boden auf und schob einen Akku ein, um sich notfalls damit verteidigen zu können. Als er probeweise den Anlasser betätigte, blieb das Gerät stumm. Er ignorierte die Schmerzen in seinem Körper und wechselte mit zitternden Händen den Akku, wieder und wieder. Aber es war vergeblich, sie waren alle leer.

In seiner Nähe knackte ein Zweig, und als er aufsah, versetzte ein schwacher Windzug ein paar Zweige in Schwingungen. Dahinter glaubte er ein Gesicht zu erkennen, ein ihm bekanntes Gesicht, das von langen schwarzen Haaren umrahmt war. Mit einem lauten Schrei, der wegen Heiserkeit nur zu einem Krächzen wurde, warf er die nun nutzlose Kettensäge auf den Boden und humpelte in Richtung Waldrand. Seine Panik ließ ihn die Schmerzen in seinen Fußsohlen vergessen, und während es rings um ihn her in den Büschen raschelte und er sogar Stimmengemurmel zu vernehmen glaubte, rannte er zum Waldrand und erreichte schließlich seinen Wagen. Sofort verriegelte er alle Türen und versuchte, den Schlüssel ins Zündschloss zu bekommen. Seine Hände zitterten, aber im dritten Anlauf schaffte er es. Sofort trat er das Gaspedal bis zum Anschlag durch und raste mit halsbrecherischer Geschwindigkeit in Richtung der nächsten Ortschaft.

„Weg, bloß weg von hier!", hämmerte es in seinem Kopf.

Als er bei seiner Flucht einen Blick in den Rückspiegel warf, glaubte er mitten auf dem Weg eine Gestalt zu sehen: Eine wunderschöne Frau, deren langes, schwarzes Haar von sanften Windstößen zerzaust wurde, während das Grün ihres Oberteils auf perfekte Weise mit der schwarzen Hose kontrastiere, die ihre Beine eng umschmeichelte. Sie strahlte eine überirdische Erhabenheit aus, und als sie nun die Hand wie zu einem Abschiedsgruß hob, veränderte sich das Wesen eines Menschen.

Essays

Gedanken zur Seelenverwandtschaft von SM und Musik

Musik ist ein Teil des menschlichen Lebens: Täglich hören wir irgendwo ein Lied oder eine Melodie, teils live gespielt, oftmals aber über eines der diversen Abspielgeräte. Die Zahl der Musikrichtungen ist vielfältig, und für jede Emotion gibt es mehr als ein Stück. Musik ist damit ein Stück Leben und Lebensqualität für alle Lebensbereiche. Der Sadomasochismus (SM) ist dagegen nach der landläufigen Meinung nur auf den Bereich der Sexualität begrenzt. Etwaige Lebenseinstellungen wie das ,Total Power Exchange' (TPE) und die damit verbundene vollkommene Machtausübung der Herrschaft, die nur mit einem völligen Verlust der Selbstbestimmungsrechte der Sklaven/-innen einhergehen kann, werden dabei ausgeblendet. Aber ist das Trennende zwischen der Musik und dem SM wirklich so gravierend? Letztlich handelt es sich doch bei beiden Bereichen um Aktivitäten, die den Menschen Freude bereiten sollen. Ist dieses Ziel die einzige Gemeinsamkeit oder haben ein Musiker und ein Freund des SM noch mehr gemeinsam, als es auf den ersten Blick den Anschein hat? Besteht zwischen einem Musiker und einem SM-Anhänger eine Seelenverwandtschaft?

Damit stellt sich zunächst die Frage, was Musik eigentlich ist. Diese Frage ist schnell zu beantworten, da es im Grunde nichts anderes als die Aneinanderreihung von Tönen ist. Das Produzieren von Tonfolgen und damit von Musik ist in seiner einfachsten Ausführung recht einfach: Entweder singt man ein

Lied, summt eine Melodie oder man greift zu einem Instrument. Letzteres ist allerdings nicht verpflichtend, denn spätestens seit den Auftritten des GlasBlasSingQuintetts wissen wir, dass man Liedgut auf Leergut (so auch der Titel eines ihrer Programme) produzieren kann.

Das Ausleben der Sexualität ist in seiner Ausführung ähnlich simpel und kann in seiner Vanilla-Form ohne großen Aufwand jederzeit und überall praktiziert werden. Auch die Anhänger des SM können ihrer Leidenschaft recht unkompliziert frönen, sofern sie mit einer rudimentären Ausführung zufrieden sind, weil sie mit ihren Händen bereits Werkzeuge haben, mit denen sie einfache SM-Spiele betreiben können. Aber da der Mensch nach Perfektion und immer neuen Varianten der Unterhaltung strebt, kommen schnell neue Anforderungen hinzu. Im Bereich des SM ist das die Verwendung von Schlaginstrumenten, Fesseln, Möbelstücken und vielem mehr. Die Bandbreite an ,Werkzeugen' ist ähnlich der Auswahl an ,herkömmlichen Musikinstrumenten' wie Gitarre, Schlagzeug, Trompete usw. breit gefächert. Aber schon bei einer Betrachtung des ,Handwerkzeugs' der SM-Anhänger und der Musiker wird eine Gemeinsamkeit deutlich: Während Musikinstrumente in verschiedene Kategorien eingeteilt werden wie beispielsweise Blas- und Streichinstrumente inklusive deren Unterteilungen wie die der Blasinstrumente in Holz- und Blechbläser, lassen sich auch für den Bereich der SM-Utensilien entsprechende Kategorien finden, zum Beispiel Schlag- und Fesselinstrumente sowie deren Unterteilung in Ketten und Seile bei den Fesselmaterialien. Aber eine solche Übereinstimmung reicht noch nicht aus, um zwischen beiden ‚Unterhaltungsbereichen' eine Seelenverwandtschaft annehmen zu können.

Bei der Suche nach weiteren Übereinstimmungen richtet sich der Blick nach der Betrachtung der Instrumente unweigerlich auf deren Handhabung. Bei der Produktion eines massentauglichen Musikstückes kommen neben dem Gesang diverse Instrumente zum Einsatz. Das Beherrschen eines solchen Instruments erfordert neben dem Wissen über seine Möglichkeiten sehr viel Übung und auch etwas Geschick bei der Handhabung. Wenn man all das verinnerlicht hat, können Musiker mit der Kraft der Töne bei ihren Zuhörern Gefühle berühren und Empfindungen auslösen. Je nach gewählter Musikrichtung können sie die gesamte Bandbreite menschlicher Emotionen abdecken und während eines Auftrittes oder bei der Zusammenstellung eines Musikträgers die Zuhörer in ein Wechselbad der Gefühle stürzen. Beim SM ist es aber nicht anders: Auch hier müssen beide Akteure um die Wirkung der einzelnen Gegenstände wissen, damit die devote Person nicht überfordert wird oder sich bei der Formulierung ihrer Wünsche überschätzt. Die Handhabung ist dann die Aufgabe des dominanten Akteurs, aber auch dabei sind, wie beim Spielen eines Musikinstruments, Übung und Geschick erforderlich. Beherrscht die dominante Person die Handhabung der verwendeten Materialien, kann sie in der devoten Person durch den Wechsel von Aktionen und Instrumenten, also dem individuell angepassten Wechselspiel von Sanftheit und Härte,

Angst und Beruhigung usw., ein Wechselbad der Gefühle und schließlich das Gefühl der Befriedigung auslösen. Beides, die durch die Musik und beim SM freigesetzten Emotionen stellen Glücksgefühle dar, die für das seelische Gleichgewicht der Menschen wichtig sind. Damit ist nicht nur die Handhabung der Instrumente in den Bereichen Musik und SM gleich, sondern auch das angestrebte Ziel, Freude und Glück zu verbreiten, identisch.

Die sowohl von der Musik als auch vom SM ausgelösten Emotionen finden dabei zunächst im Kopf statt, bevor weitere biologische Funktionen wie die Produktion von Tränen, Vaginalsaft usw. zum Einsatz kommen. Das Auslösen von Reaktionen durch die lauten und leisen Töne von Musikstücken wird in dem Ausspruch, dass sie ‚berühren und die Seele streicheln' deutlich. Gemeint ist damit, dass der Kopf die akustischen Signale, und darum handelt es sich bei den Tönen, die sich letztlich zu einem Musikstück summieren, in Gefühle und damit in Emotionen umwandelt. Es findet also ein Transformationsprozess statt, an dessen Ende sich eine weitere Emotion, nämlich das Glücksgefühl, befindet. Beim SM findet ebenfalls ein Transformationsprozess statt, der im Gegensatz zur Musik aus einer Mischung von akustischen Signalen in Form von Worten des dominanten Akteurs und einer Form des Tastsinnes durch das reale Spüren von Hieben, Fesseln, Klammern usw. besteht. Durch die Praktizierung von manchmal harten und manchmal eher sanften Anwendungen wird der gleiche

Effekt erzielt, den ein Musikträger mit mehreren Stücken in unterschiedlicher emotionaler Zielrichtung akustisch erreicht.

Damit sind bislang zwar viele Übereinstimmungen festgestellt worden, aber zugleich zeichnen sich auch in Nuancen zwei Unterschiede ab: Das eine ist das beim SM bestehende Erfordernis der individuellen Vorgehensweise, während ein Musikstück eine Vielzahl von Personen gleichzeitig zu berühren vermag. Dem kann man jedoch entgegenhalten, dass nicht jeder Titel die ihm zugeschriebene Emotion bei allen Zuhörern auslöst. Es scheint also auch insoweit eine individuelle Bereitschaft eines Zuhörers vorhanden sein zu müssen, die erst die Emotion auslöst. Die angesprochene und ohnehin schon als geringfügig eingestufte Abweichung dürfte damit zu einer unbeachtlichen Marginalie verkümmern.

Der zweite Unterschied besteht in dem ‚Ausgangsstoff‘, der zum Auslösen des oben erwähnten Transformationsprozesses benötigt wird: Bei der Musik handelt es sich um akustische Signale, die seit dem Aufkommen von Musikvideos durch visuelle Wahrnehmungen ergänzt und inzwischen oftmals sogar von diesen dominiert werden, während es bei dem ‚Transformationsstoff‘ im SM um reales Fühlen von Empfindungen wie Schmerz, Angst, Scham usw. geht, die von akustischen Signalen begleitet werden. Dieser Unterschied kann nicht marginalisiert werden, so dass in diesem Punkt der Glück auslösenden Transformationskette tatsächlich ein Unterschied besteht.

Wie nun dargelegt wurde, entsteht das Glücksgefühl durch eine im Kopf stattfindende Transformation. Die ‚Ausgangsstoffe' sind ebenfalls benannt, nämlich akustische Signale im Bereich der Musik und spürbares Empfinden inklusive akustischer Signale im Bereich des SM. Nun könnte vermutet werden, dass Musik nur durch das Auffangen realer Signale hör- und erlebbar wird, während der Wunsch nach SM auch durch die Kraft der Fantasie durchlebt werden könne. Gemeint ist das als ‚Kopfkino' bekannte Abdriften des Geistes in eine Fantasiewelt. Dieses Abdriften kann durch Filme, Bilder, Geschichten usw. ausgelöst werden und entführt den Erlebenden in eine Scheinwelt, in der seine Wünsche und Träume in Erfüllung gehen. Dem kann jedoch zunächst entgegengehalten werden, dass auch bestimmte Musikstücke mit gewissen Situationen, Orten, Personen, Begebenheiten usw. in Verbindung gebracht werden können, bei deren Anblick respektive (Wieder-)Erleben gleichsam automatisch der entsprechende Titel in Erinnerung kommt und man die Musik in seinem Kopf zu hören meint. Gleichwohl handelt es sich hierbei um reale Objekte der Auslösung, während im Bereich des SM die auslösenden Geschichten, Filme usw. nicht auf selber erlebten Begebenheiten basieren müssen. Aber ist diese Unterscheidung zwischen real Erlebten und dem Wunschdenken als Auslöser von so großer Bedeutung, dass hierin ein Unterschied gesehen werden könnte? Sofern man das bejahen wollte, würde man mit dem Argument, dass Musik oftmals ‚aus dem Stand heraus' Menschen berührt, konfrontiert werden.

Gedacht sei hier insbesondere an den Song, mit dem die Bilder der Attentate vom 11. September 2001 unterlegt worden sind. Obwohl Millionen von Menschen die Anschläge nicht live miterleben mussten, wurden auch durch die Musik Emotionen geweckt, so dass nun sehr viele Menschen beim zufälligen Hören dieses Liedes automatisch an die Geschehnisse im Jahre 2001 erinnert werden. Somit reduziert sich das Erleben von Gefühlen auf das reale Hören von Musik, während im Bereich des SM die reale Durchführung durch Filme, Geschichten usw. ersetzt werden kann. Wenn Musik bereits beim Abspielen große Emotionen hervorrufen kann, stellt sich die Frage, was im Bereich des SM benötigt wird, damit durch die Fantasiewelt die gleichen Empfindungen wie bei realem SM entstehen können.

Ein Bestandteil, nämlich die Fantasie, ist bereits genannt worden. Des Weiteren muss man sicher auch die Kreativität berücksichtigen, durch die eine Fantasiewelt erst zum Leben erweckt und beispielsweise eine Geschichte nicht einfach nur konsumiert wird. Der Unterschied zwischen einer Fantasiewelt und dem bloßen Konsum besteht ja in der Abwandlung und/oder Umschreibung bzw. Fortsetzung einer Geschichte nach eigenen Wünschen und Vorstellungen. Aber auch der Rahmen, an dessen Anfang der Konsum als Beginn der Fantasie steht und in dessen Grenzen sich der ,Konsument' bewegt, scheint nicht ganz unbedeutend zu sein. Das scheint zwar zunächst im Widerspruch zu den oben erwähnten spontanen Emotionsaufwallungen zu stehen, aber bei genauerem

Hinsehen ist festzustellen, dass Musik gewöhnlich zur Untermalung von Alltagsaktivitäten wie zum Beispiel Autofahren genutzt wird, aber, sofern es als Genuss geplant wird, werden diverse Vorkehrungen getroffen: Im privaten Raum wird ebenso wie bei Konzerten eine passende Atmosphäre geschaffen, zu der auch eine entsprechende Dekoration gehört. Diese muss bei Konzerten aufgebaut werden, während sie im privaten Raum gewöhnlich vorhanden sein dürfte oder mit wenigen Handgriffen hergestellt werden kann. Auf diese Weise werden unangenehme oder als störend empfundene Einflüsse ‚von außen' ausgeblendet. Beim SM verhält es sich jedoch nicht anders, denn auch hier wird durch die Raumgestaltung, das Bereitstellen der möglicherweise zum Einsatz kommenden Gegenstände und ähnlichem die für notwendig erachtete Atmosphäre geschaffen. Damit sind sowohl beim Genießen von Musik als auch beim Praktizieren von SM der Rahmen und die Atmosphäre von nicht unerheblicher Bedeutung für den Sinnesgenuss. Denn ein Sinnesgenuss ist trotz seiner physischen Spuren auch der SM, weil es um das Auslösen der Emotionen Glück und Befriedigung geht, also letztlich um Lustgewinn. Die Musik will nichts anderes, denn das Auslösen des von ihr bei der Zuhörerschaft angestrebten ‚Wohlfühlgefühls' bedeutet nichts anderes als ebenfalls das Auslösen der beim Praktizieren des SM entstehenden Emotionen.

Bei allen bislang vorgebrachten Argumenten muss natürlich dem Umstand Rechnung getragen werden, dass nicht alle Menschen gleich sind und ein Mensch nicht immer die gleiche

Gemütsverfassung hat. Dementsprechend vielfältig sind die Anforderungen, was sowohl für den Bereich der Musik als auch für den SM gilt. Beiden Bereichen gemeinsam ist, dass es für jede Geschmacksrichtung und jede Gemütsverfassung das passende Angebot gibt. Grob vereinfacht reicht das Spektrum in der Musik von wilden, aufpeitschenden Rhythmen bis hin zu ruhigen, sentimentalen Stücken. Dazwischen liegt eine gewaltige Bandbreite von Abstufungen. Im SM ist das nicht anders, hier reicht die Bandbreite von harter Folter bis zu beinahe sanftem Erotikspanking. Damit bieten beide Bereiche ein reichhaltiges Angebot an, aus dem sich jeder individuell bedienen kann. Zudem wird das Angebot durch eine breite Vielfalt an Stilrichtungen erweitert, die in der Musik von Klassik über Jazz, Swing, Pop und vielen mehr bis zu Rock'n'Roll und Hardrock reichen. Beim SM gibt es ebenfalls eine solche Vielfalt, die von Spanking bis TPE sowie der Keuschhaltung, einem Leben als Adult Baby, Sissy oder Tier reicht. Gerade weil es sowohl in der Musik wie beim SM in jeder Stilrichtung das oben genannte Spektrum von ‚hart' bis ‚sanft' mit zahllosen Zwischenabstufungen gibt, vermögen beide Bereiche eine Vielzahl von Menschen zu beeindrucken und zu begeistern. Sie sind sich also auch in der Angebotsvielfalt und deren Wirkung auf die Menschen sehr ähnlich.

Nach den vorstehenden Betrachtungen wird es nun Zeit für ein Fazit. Dabei kann festgehalten werden, dass sowohl die Musik als auch der SM das gleiche Ziel, nämlich das innere Berühren und das Auslösen von emotionalen Empfindungen bei Menschen, haben. Auch wenn sich die zur Verfügung stehenden Mittel wie Trompete und Peitsche deutlich unterscheiden, sind das Angebot und die Anwendung genauso gleich wie die Vielfalt der Stilrichtungen. Zudem erfordert das Ausleben von SM wie in der Musik den richtigen Einsatz des sinnvollsten Instruments zu einer bestimmten Gemütsverfassung, wobei der dominante Akteur sein Metier dabei so virtuos wie ein Musiker sein Instrument beherrschen und ‚spielen' muss. Zudem hat er wie ein Musiker die Partitur, die im SM aus der von beiden Akteuren getroffenen Absprache und Erwartungshaltung besteht, immer im Kopf zu behalten und darf nicht davon abweichen, denn während ein Misston in der Musik verzeihbar ist, würde eine eigenmächtige Abweichung im SM einen Vertrauensbruch darstellen. Ein solcher ist jedoch um jeden Preis zu vermeiden.

So, wie Musik mehr als nur eine Form der Unterhaltung ist, ist der SM mehr als der Reiz der Fantasie. Zwar kann man das reale Erlebnis durch Filme, Bücher, Geschichten usw. ersetzen, aber das wäre mit dem Abspielen eines Musiktonträgers vergleichbar: Es befriedigt das emotionale Bedürfnis, aber das reale Erleben von SM oder eines Musikkonzertes löst sehr viel intensivere Empfindungen aus und führt zu einer wesentlich größeren Erfüllung. Allerdings haben Filme, Geschichten usw. respektive Tonträger den Vorteil, dass man die Fantasie bzw. den Interpreten sowie dessen Song unabhängig von Ort und Zeitpunkt wählen kann. Auf diese Weise sprechen sowohl der SM als auch die Musik die Fantasie der Menschen an und laden sie zum Träumen ein, wenn ein reales Erleben gerade nicht möglich sein sollte. Dann können die Menschen den Wohlfühlfaktor genießen und kraft ihrer Fantasie entspannen.

Wir brauchen also beides: Im Bereich der Musik die Tonträger und die Konzerte, im Bereich des SM die Geschichten, Filme usw. zum Träumen ebenso wie das reale und alltagskompatible reale Erlebnis. Aufgrund dieser zahlreichen Übereinstimmungen können die oben festgestellten kleinen Abweichungen als Marginalien angesehen werden. Lediglich auf den ‚Ausgangsstoff‘, der zum Auslösen des oben erwähnten Transformationsprozesses benötigt wird, trifft das nicht zu: Bei der Musik handelt es sich um akustische (und zum Teil visuell flankierte) Signale, während es bei dem ‚Transformationsstoff‘ im SM um reales Fühlen von Empfindungen wie Schmerz, Angst, Scham usw. geht, die von akustischen Signalen begleitet werden. Dieser Unterschied kann nicht marginalisiert werden, so dass in diesem Punkt bezüglich der Glück auslösenden Transformationskette tatsächlich ein Unterschied besteht. Aber welchen Einfluss hat dieser Unterschied auf die Beantwortung der Ausgangsfrage? Da diese nicht nach einer Übereinstimmung, sondern nach einer Seelenverwandtschaft von SM und Musik gefragt hat, ist eine hundertprozentige Übereinstimmung nicht erforderlich. Damit ist der festgestellte Unterschied also insoweit nicht schlimm für den zusammenfassenden Befund: Beide, SM und Musik, berühren die Menschen in ihrem Inneren und lösen Emotionen aus, die letztlich in einem

Glücksgefühl münden. Damit sind Musiker und SM-Anhänger Seelenverwandte.

Wie beim Fußball(?)

Der Mensch ist ein kommunikatives Wesen, die Sprache ein dafür bestens geeignetes und daher wesentliches Medium. Allerdings ist es wichtig, dass alle an einem Gespräch Beteiligten von den gleichen Inhalten einer Begrifflichkeit ausgehen, was zur Erstellung von Definitionen geführt hat. Diese sind jedoch keine immerwährende Festlegung, sondern können im Laufe der Zeit Veränderungen unterworfen sein. Auch die Definition von Sadomasochismus (SM) ist eine veränderbare Übereinkunft bezüglich seiner Inhalte.

Da alle Definitionen im Laufe der Zeit kritisch hinterfragt und eventuell neu getroffen werden, verwundert es nicht, dass derzeit auch die Frage ‚Was ist SM, was gehört dazu und was nicht?‘ einen hohen Stellenwert zu haben scheint. Das könnte an den vielen, im Laufe der letzten dreißig Jahre neu entstandenen oder sich aus anderen Rahmen emanzipierten Varianten liegen, die sich von diesem Begriff nicht oder nicht mehr erfasst fühlen, aber auch an dem Wunsch, seine Spielart von den anderen durch eine eigenständige Definition abgrenzen zu wollen. Grundsätzlich ist gegen eine klare Zuordnung von Begrifflichkeiten nichts einzuwenden, weil sie die Kommunikation erleichtert, denn schließlich weiß dann jeder etwas mit einem Begriff wie beispielsweise ‚Petplay‘ oder der Abkürzung ‚AB‘ anzufangen. Problematisch wird es jedoch, wenn die Definitionen über eine Inhaltsbeschreibung in Kurzform hinausgehen und zum allein ‚rechtmäßigen‘ SM-Inhalt erklärt werden. Wenn ich durch die Internetforen wandere, habe ich so manches Mal den Eindruck, dass es Menschen gibt, die die gleiche Einstellung wie zum Beispiel Fußballfans haben: Beim Fußball lieben alle die Nationalmannschaft, sie ist das Flaggschiff des jeweiligen nationalen Fußballs. Wenn die Nationalmannschaft spielt, soll sie in den Augen aller gewinnen und vor allem Titel holen, die Vereinszugehörigkeit der Spieler ist den Fans dabei vollkommen unwichtig. Analog dazu scheint der Begriff ‚SM' als Oberbegriff zu fungieren, also gleichsam vergleichbar mit der Nationalmannschaft, zu der sich alle Fans unabhängig von der Farbe ihres Vereinsfanschals bzw. der Ausprägung ihres Faibles bekennen. Auf diese Weise gibt es nur Fußballfans beziehungsweise nur SM-Anhänger.

Allerdings sind die Auftritte der Nationalmannschaft vergleichsweise selten, der Alltag wird durch die Vereinsmannschaften und von deren Ligabetrieb geprägt. Dementsprechend sind die einzelnen Vereine wesentlich öfter präsent als die Nationalmannschaft, die aus Mitgliedern ebendieser Vereine gebildet wird. Wenn man SM als Oberbegriff analog der Nationalmannschaft setzt, wären die diversen Spielarten wie Bondage, Spanking, AB, Klinikerotik, Petplay usw. mit den Vereinen gleichzusetzen. Jede dieser Varianten hat ihre Freunde, die sie begeistert praktizieren. Nun teilt nicht jeder die Freude an jedem Faible, mancher lehnt für sich einzelne Spielarten sogar ab. Das ist aber normal, denn Menschen sind eigenständige Wesen mit unterschiedlichen Neigungen und

Geschmäckern. Gerade das macht die Vielfalt einer Gesellschaft aus und ist überaus positiv zu bewerten.

Aber so, wie sich die einzelnen Varianten beim SM unterscheiden, ist die Spielweise der Fußballvereine von Mannschaft zu Mannschaft unterschiedlich: Manche sind in allen Mannschaftsteilen gleich gut aufgestellt und mit Nationalspielern gespickt, die einen rundherum durchdachten und überlegenen Fußball spielen. Andere haben Schwächen und spielen mit einer auf die jeweilige Mannschaft zugespitzten Technik wie Konterfußball, der ‚kontrollierten Offensive' oder sie ‚parken den Mannschaftsbus vor dem Tor'. Die unterschiedliche Taktik oder Spielweise könnte man mit den Inhalten der einzelnen SM-Bereiche vergleichen, denn beispielsweise kommt beim ‚reinen SM' zwar auch der Rohrstock zum Einsatz, aber er ist anders als beim Spanking nicht das alles beherrschende Element dieser Spielart. Damit unterscheiden sich die inhaltlichen Gestaltungen der Faibles zwar insoweit voneinander, aber daneben gibt es auch die vereinenden Elemente wie zum Beispiel das gegenseitige Einverständnis aller Akteure, das erforderliche Vertrauen oder die Lust am Spiel, an Erotik in einer etwas anderen Variante. Solange alle Akteure mit ihrem Spiel und der damit ausgelebten Sexualität zufrieden sind, sollten sie glücklich und zufrieden sein. Letztlich mag die Taktik beim Sport unterschiedlich sein, aber das Spiel heißt überall Fußball. Warum sollten also nicht auch unterschiedliche Varianten unter dem Oberbegriff SM zusammengefasst werden?

Leider gibt es wie beim Fußball einige wenige Personen, die ihrem eigenen Faible einen wesentlich höheren Stellenwert als anderen zuschreiben oder gar einem anderen Faible die Daseinsberechtigung als SM-Variante absprechen. Dieses nach meinem Dafürhalten künstlich geschaffene Gegeneinander scheint nur dem einen Zweck zu dienen, sein eigenes Faible und damit sich selber zu Lasten anderer Varianten und Menschen aufzuwerten. Beim Fußball können wir diese Rivalität ebenfalls beobachten, denn beispielsweise würde so mancher Dortmunder nicht der Mannschaft von Schalke 04 die Meisterschaft gönnen, die Rivalität zwischen Braunschweig und Hannover führt immer wieder zu Schäden in Millionenhöhe und halb Fußball-Deutschland mag die Mannschaft von Bayern München nicht. Manche machen ihr persönliches Glück sogar von der Farbe ihres Fanschals abhängig und fassen eine Niederlage der eigenen Mannschaft als persönliche Beleidigung auf. Diesen Eindruck habe ich auch von einigen Personen im Internet, die es nicht verkraften können, wenn jemand ein anders gestaltetes Faible als sie selber hat. Diese Denkweise führt dann offensichtlich zu Auswirkungen wie beispielsweise der fehlenden Akzeptanz für einzelne Faibles als SM-Variante.

Allerdings ist die Fan-Szene beim Fußball nicht einheitlich, denn die so genannten ‚Ultras' und ‚Hooligans' verachten die ‚normalen' Fans als zu weich, so dass sich innerhalb eines Fanblocks mehrere Gruppen von Anhängern einer Mannschaft bilden. Diese Entwicklung ist auch beim SM zu beobachten, denn so manches Mal schauen die Anhänger der härteren oder harten Gangart mit Verachtung auf die Freunde der Soft-Varianten und umgekehrt. Manchmal wird den Anhängern der einen Gangart sogar die Zugehörigkeit zu einem Faible abgesprochen, weil sie ‚es nicht richtig machen'. Dabei ist es völlig gleich, ob jemand von außerhalb ein Spiel nach seinen Maßstäben bewertet, denn letztlich entscheidend ist und sollte immer das Vergnügen der an der Session beteiligten Personen sein. Sinkt deren Spaßfaktor, werden sie schon von selber nach der Ursache suchen und etwas ändern, Kommentare von außen sind meistens nicht besonders hilfreich, vor allem dann nicht, wenn sie die grundsätzliche Zugehörigkeit zum SM zum Inhalt haben oder die ‚falsche' Ausübung eines Faibles bemängeln.

Was bleibt am Ende dieser Gedanken für ein Fazit? Menschen sind bestrebt, alles zu kategorisieren, was grundsätzlich nicht verkehrt ist, weil einheitliche Definitionen die Kommunikation erleichtern und Missverständnissen vorbeugen. Nichts wäre beispielsweise fataler, wenn jemand unter Spanking das Tragen von Windeln verstehen würde, weil es dann für beide Seiten zu einer unangenehmen Situation kommen würde. Für unglücklich halte ich jedoch das Bewerten von Faibles, um eine wie auch immer geartete Form von Ranking aufzustellen. Wir alle lieben die Fußball-Nationalmannschaft und grundsätzlich den SM, also sollten wir auch die Vielfalt an Vereinen mit ihren unterschiedlichen Spielweisen und die vielen SM-Varianten akzeptieren. Wie es Matthias in der Nummer 156 der ‚Schlagzeilen' in meinen Augen treffen formuliert hat, gab (und ich möchte ergänzen: gibt) es keine Unterscheidung in richtigen oder falschen SM, sondern nur in geile oder langweilige Sessions. Sollten wir uns also wirklich mit der Frage, was SM ist, oder gar mit der Suche nach einem neuen Oberbegriff beschäftigen? Das kann man natürlich machen, und wenn es helfen würde, dass jeder jede Variante als gleichwertige SM-Praktik anerkennen würde, wäre es eine sinnvolle Sache. Aber wie lange würde die positive Wirkung anhalten? So, wie die vielen Fan-Projekte beim Fußball nur für einen begrenzten Zeitraum die Situation entspannt haben, befürchte ich auch nach der Auswahl eines neuen Oberbegriffs schon nach einiger Zeit erste leichte Kritik, die irgendwann zunehmen und schließlich zu der gleichen Situation führen dürfe wie die, die wir jetzt haben, nämlich dass nicht alle den verschiedenen Faibles einen eigenen, gleichwertigen Stellenwert wie ihren eigenen Ansichten in der SM-Familie einräumen werden. Aber genau das sind in meinen Augen alle Faibles, ob ich sie nun persönlich mag oder eher ablehne: Sie sind alle SM und innerhalb des SM gleichwertig. Sie unterscheiden sich nur in der Anzahl ihrer Freunde und damit in der Wahrscheinlichkeit, eine/n passende/n Partner/in zu finden. Und, mal ehrlich: Wenn ich mit jemanden eine tolle Session nach meinen und ihren Vorstellungen habe, ist es mir egal, wie man das Spiel nennt, von mir aus könnte man es auch beispielsweise ‚Mensch-freu-dich-doch' nennen. ☺

Zum Gedenken an Bettie Page
1. Einleitung

Von vielen Menschen unbemerkt hat sich im Dezember 2013 zum fünften Mal der Todestag von einer Ikone des Pin-up gejährt: Bettie Page. Ebenfalls im Jahre 2013 hätte sie ihren 90. Geburtstag feiern können. Nun werden sich sicher einige fragen: Wer war Bettie Page? Vor allem aber: Was hat ein Pin-up-Girl mit Sadomasochismus zu tun? Die Antwort ist einfach: Sie war eines der ersten Models für Fetisch- und Bondageaufnahmen. Deshalb für all diejenigen, die noch nie etwas von ihr gehört haben, ein kleiner Rückblick auf ihr Leben und Schaffen; für die Kenner ihrer Bilder ein Aufsatz zur Erinnerung an diese Frau. Vor allem aber: Ein Aufsatz zum Gedenken an eines der größten Models seiner Zeit: Bettie Page.

2. Das Leben von Bettie Page

Sie wurde am 22. April 1923 als Betty Mae Page als zweites von sechs Kindern in Nashville im US-amerikanischen Bundesstaat Tennessee geboren. Die Lebensverhältnisse der Familie waren ärmlich. Um wenigstens hin und wieder Geld für einen Kinobesuch zu haben, ließ sie sich von ihrem Vater anfassen, allerdings hat er mit ihr im Gegensatz zu ihrer Schwester keinen Geschlechtsverkehr gehabt.[1]

Im Jahre 1933 betrieb ihre Mutter die Scheidung, obwohl ihr Mann für diesen Fall Morddrohungen ausstieß. Nach der Scheidung war die finanzielle Situation der Familie noch schlimmer, und auf Grund dieser Notlage kamen Bettie und ihre Schwester für ein Jahr in ein Waisenhaus.[2]

Nach ihrer Rückkehr zur Familie besuchte sie die Schule und wollte die High School unbedingt als Jahrgangsbeste beenden, weil sie dann ein umfassendes Stipendium zum Studieren bekommen hätte. Neben dem Lernen ahmte sie mit ihrer Schwester die Posen der Stars und Idole ihrer Zeit nach. Zudem entwarfen die beiden Frisuren und Mode. In dieser Zeit lernte Bettie auch das Nähen.[3] Alle diese Eigenschaften sollten ihr später sehr nützlich sein.

Die High School schloss sie am 6. Juni 1940 als Zweitbeste ihres Jahrgangs ab, wobei sie die Bestleistung nur um wenige Zehntelpunkte verfehlte. Weil sie jedoch ‚nur' die zweitbeste war, bekam sie statt eines umfangreichen Stipendiums lediglich ein Stipendium über einhundert Dollar für das George Peabody College, das Lehrerinnen ausbildete.[4] Nach einem Jahr wechselte sie jedoch in das Schauspielfach, weil sie als Filmstar entdeckt zu werden hoffte. 1944 schloss sie ihr Studium ab.[5]

Bereits 1943 heiratete sie mit Billy Neal einen früheren Schulkameraden. Kurz nach der Hochzeit wurde Neal auf Grund des Zweiten Weltkrieges einberufen und leistete Militärdienst. Nach seiner Rückkehr war er verändert und unterstellte Bettie, mit allen Matrosen am Ort geschlafen zu haben.

Bettie gelang es nicht, ihn von dieser wirren Idee abzubringen, so dass die Scheidung im Jahre 1947 beinahe zwangsläufig war.[6]

Nach der Scheidung zog Page nach New York City und übernahm Gelegenheitsjobs als Sekretärin. Im Jahre 1950 traf sie bei einem Spaziergang am Strand von Coney Island den afroamerikanischen Polizisten Jerry Tibbs, der sich sehr für Fotografie interessierte. Da Page noch immer hoffte, als Schauspielerin oder zumindest Model entdeckt zu werden, bot ihr Tibbs an, ein Portfolio zusammenzustellen, wenn sie sich von ihm fotografieren lassen würde. Sie willigte ein und es entstanden ihre ersten Pin-up-Fotos. Bei dieser Gelegenheit schlug ihr Tibbs vor, ihre Frisur leicht zu verändern und einen Pony zu tragen. Tatsächlich änderte Page ihre Frisur und fort-an wurde der Pony zu ihrem Markenzeichen.[7] Die Tatsache, dass sich Page von einem afroamerikanischen Mann fotogra-fieren ließ, ist ein weiterer bemerkenswerter Punkt in ihrem Leben, denn 1950 war die Kluft zwischen der afroamerikani-schen und der weißen Bevölkerung der USA noch sehr groß.

In der Zeit nach dem Erstellen des Portfolios posierte sie für die ‚Camera Clubs', deren Zweck das Herstellen von Aktauf-nahmen unter Umgehung der restriktiven gesetzlichen Best-immungen war. Die Mitglieder eines ‚Camera Club' buchten mehrere, fast ausschließlich weibliche Models, wobei sie strikt darauf achteten, dass nur Vertreter eines Geschlechts auf den Aufnahmen zu sehen waren. Aktaufnahmen, bei denen zwei Personen unterschiedlichen Geschlechts zu sehen waren, galten nämlich in jener Zeit als Pornographie und hatten ‚Besuche' des FBI zur Folge. Ehemalige Mitglieder von Camera Clubs' erinnerten sich an die ungezwungene Art von Bettie Page beim Posen, ihrem Talent beim Erkennen von optimalen Motiven sowie an ihre sympathische Art bei der Integration von Neulingen, die noch nie zuvor einen nackten Frauenkörper gesehen hatten und deshalb gehemmt waren.[8]

Ab dem Jahre 1951 arbeitete Page auch für den Fotografen Irving Klaw, der zwischen den 1940er und den 1960er Jahren einen Postversand mit Fotos von Schauspielern/-innen vertrieb. Gleichzeit hatte er eine Marktlücke erkannt und um diese zu schließen verkaufte er über seinen Postversand auch Akt- und schließlich Bondagefotos. In diesem Zusammenhang wird er als einer der ersten Fetischfotografen bezeichnet.[9] Bettie Page erklärte später, dass man nach der normalen Fotosession für Aktaufnahmen noch eine Stunde für Bondage- und Fetischfotos posieren musste, um sein Geld für die Fotoaufnahmen des ganzen Tages zu bekommen. Bei den Motiven handelte es sich oftmals um Bestellungen von Männern der gehobenen Klassen.[10] Als Weiterentwicklung der Fotos, von denen er ganze Serien anfertigte, erkannte Klaw sehr rasch die weitere Steigerungsmöglichkeit, und die hieß Film. Fortan widmete er sich neben dem Fotografieren auch diesem Medium. Neben zahlreichen Schwarz/Weiß-Filmen drehte er in den Jahren 1953 bis 1955 mit Page und weiteren Stars der damaligen Zeit wie Lili St. Cyr und Tempest Storm die heute legendären Filme ‚Striporama' (1953), ‚Varietease' (1954) und

‚Teaserama' (1955)[11], von denen die beiden letztgenannten vor mehreren Jahren erneut vertrieben worden sind, darunter auch in Deutsachland[12]. Entgegen der Behauptungen von Klaw soll Page jedoch weder an Bondage noch an BDSM interessiert gewesen sein, seine diesbezüglichen Behauptungen sollen alleine dem Marketing entsprungen sein.[13]

Während einer Urlaubsreise nach Miami im Jahre 1954 traf Page die damalige Berufsanfängerin im Fotografengewerbe Bunny Yeager, die mit Page als Model und einer halbprofessionellen Ausrüstung aufregende Bilder gestaltete, unter anderem die heute legendären Aufnahmen der ‚Jungle-Queen-Serie' mit den beiden Geparden im ‚Africa U.S.A. Park' in Boca Raton.[14] Einige der Fotos sandte Yeager ohne Wissen von Page an Hugh Hefner, dem Gründer des Playboy, und Page wurde unwissendlich Playmate des Monats Januar.[15]

Bereits seit Mitte der 1950er Jahre verstärkte die amerikanische Regierung den Druck auf die Hersteller von Comics und Aktfotos, weil darin eine Ursache für die Jugendkriminalität gesehen wurde. Die eingesetzten ‚Kefauver-Hearings-Anhörungen' vor dem ‚Senate Subcommittee on Juvenile Delinquency' sollten die Präsidentschaftskandidatur von Senator Kefauver beflügeln, aber sie sorgten zugleich für massiven Druck auf die Produzenten, insbesondere auf die Fotografen von Aktfotos. Als sich in Florida ein Teenager nach dem Betrachten von Bondagefotos mit Page als Model erhängte, geriet Irving Klaws Versandhandel in den Fokus der Interessen. Page selbst sollte als Zeugin gegen Klaw aussagen und die

Fotos entsprechend kommentieren. Sie versuchte, das Komitee von der Harmlosigkeit zu überzeugen, aber es war abzusehen, dass Klaws Fotografen- und ihre Modelkarriere beendet waren. Am Ende der Anhörungen musste Klaw sein Archiv vernichten, darunter auch die harmlosen Fotos von Schauspielern. Zwar versteckte seine Frau die besten Negative, aber achtzig Prozent seiner Geschäftsgrundlage waren zerstört. Klaw hat sich von diesem Schlag nie mehr erholt. Page erkannte die raueren Zeiten und die ständige Gefahr einer Konfrontation mit dem FBI. Da sie zudem vierunddreißig Jahre alt war, zog sie sich aus dem Geschäft zurück und verschwand von einem Tag auf den anderen. Danach hat man viele Jahre nichts mehr von ihr gehört. Erst einer Gruppe von Fans, die sich in den 1970er Jahren zu den ‚Bettie Scouts America' zusammenschlossen und nach ihr in den gesamten USA suchten, ist es zu verdanken, dass sie zu Beginn der 1990er Jahre gefunden wurde. Page hatte zum Zeitpunkt ihres Auffindens keine Ahnung von ihrer seit den 1980er Jahren wieder aufgeflammten Popularität und lebte in Armut. Durch Kontakte ihrer Fans wurde sie Hugh Hefner, den sie trotz ihrer Playmate-Rolle nicht kannte, vorgestellt.[16] Hefner erkannte, dass viele andere an Page verdienten, ohne dass sie ihre Rechte kannte oder beteiligt war. Er beauftragte seine Manager, die Interessen von Page wahrzunehmen[17], so dass sie in ihren letzten Lebensjahren über ein ausreichendes Einkommen verfügte.[18]

Die Jahre zwischen ihrem Verschwinden und der Wieder-
entdeckung waren für Page sehr schwierig. Sie ging zunächst
nach Florida und entdeckte dort ihre Religiosität. Als Folge
davon besuchte sie mehrere Bibelschulen, weil sie als Missio-
narin arbeiten wollte. Auf Grund ihres Status das Geschiedene
wurde sie nach Studienabschluss jedoch nicht eingesetzt.
Ebenfalls in den 1960er Jahren scheiterte eine weitere Ehe
mit Armond Walterson. 1967 heiratete sie Harry Lear[19], der
von ihrer Vergangenheit als Fotomodel keine Kenntnis hatte[20].
Bis zur Scheidung dieser Ehe im Jahre 1972 scheint eine Art
religiöser Wahn in ihr entstanden zu sein, der immer wieder
durchbrach. Später wurde eine von den Eltern vererbte Schi-
zophrenie festgestellt, in deren Folge sie in Los Angeles ihre
Vermieterin niederstach. Sie kam dafür für zehn Jahre in eine
psychiatrische Klinik.[21]

Nach ihrer Entlassung und dem anschließenden Auffinden
durch ihre Fans, an deren Erfolg ihr in Nashville lebender Bru-
der beteiligt war, wurden mehrere Biografien über sie verfasst.
Allerdings erlaubte sie keine aktuellen Fotos von ihr, weil ihre
Fans sie so in Erinnerung behalten sollten wie sie gewesen
war.[22]

Mitte 2008 wurde Page mit Lungenproblemen in ein Krankenhaus in Los Angeles gebracht. Dort erlitt sie Anfang Dezember einen Herzinfarkt und fiel ins Koma. Sie verstarb am
11. Dezember 2008 und wurde auf dem Westwood Village
Memorial Park Cemetery beigesetzt.[23]

3. Die Bedeutung von Bettie Page

Bettie Page war in ihrer Modelzeit nicht nur ein sehr begehrtes Aktmodel, sondern auch eines der ersten Fetisch- und Bondagemodels. Sie posierte als Femdom mit ihrer Schwester ebenso wie als devotes Dienstmädchen oder in Spankingszenen. Zwar wirken die Bilder und Filmszenen, beispielsweise von den Spankingpassagen, auf den heutigen Betrachter beinahe lachhaft, aber man darf dabei nie die Entstehungszeit und die seinerzeit herrschenden Umstände vergessen: Die Anfertigung beziehungsweise Mitwirkung bei solchen Szenen war in jener Zeit eine Gratwanderung und wurde schnell als Pornographie ausgelegt. Für ein solches Delikt konnte man sehr schnell im Gefängnis enden. Es gehörte also auch eine große Menge Mut dazu, für solche Fotos zu posieren, weil dadurch das Gesicht der Models jedem Staatsanwalt und Polizisten bekannt war.

Ein weiterer Teil ihrer Bedeutung basiert auf ihren Filmen, wobei hier die oben genannten Filme ‚Striporama', ‚Varietease' und ‚Teaserama' eine größere Bedeutung als die Catfight- und sonstigen Filme mit Page als Akteurin erreicht haben. Diese drei Filme erreichten nämlich mehr Menschen als die sonstigen Vergnügungen im Burlesque-Bereich. Ihnen und damit allen Mitwirkenden sowie Irving Klaw kommt ein hoher Anteil an der Verbreitung des Striptease zu.[24]

Ein weiterer Aspekt geht bei der Betrachtung der Bilder und Filme mit Bettie Page gerne unter: Die von ihr getragene Kleidung hat sie nicht nur selber entworfen, sondern auch selber genäht. Das Entwerfen und Nähen hatte sie bereits in ihrer Jugend in den 1930er Jahren gelernt. Die von ihr entworfenen knappen Höschen im Tanga-Stil waren in der damaligen Zeit revolutionär, und die während der ‚Jungle-Queen-Serie' getragene Kleidung bekam Kultstatus. Auch in diesem Punkt war sie ihrer Zeit weit voraus und hat ohne es zu bemerken an der weiteren Entwicklung der Unterwäschemode mitgewirkt.

Neben ihrem Mut und ihrer Kreativität wird zudem immer wieder ihre Fröhlichkeit und Natürlichkeit beschrieben, die wesentlich zu ihrer Beliebtheit beitrugen. Noch heute, fünfundfünfzig Jahre nach dem Ende ihrer Karriere, sind die Mitglieder der ‚Camera Clubs' sowie die Witwe von Irving Klaw voll des Lobes über sie.[25] Allerdings hatte sie auch Feinde, denn den Konservativen Amerikanern sowie der Kirche war sie wegen der Akt- und Fetischaufnahmen geradezu verhasst. Durch ihren enormen Bekanntheitsgrad musste sie für diese Kreise das Sinnbild des Bösen gewesen sein.

Trotz aller Anfeindungen wuchs die Zahl ihrer Fans rapide an. Ihr Einfluss auf das Denken und Fühlen ihrer Mitmenschen war so groß, dass sie später als Vorbild für Comic – und Filmfiguren avancierte, von den übrigen Werbe- und Merchandisingartikeln ganz zu schweigen. Selbst in mehreren Songs wird sie erwähnt oder gleich als Person besungen, was als Hommage gedacht ist.[26] Das Bedauerliche daran ist, dass viele dieser Huldigungen von ihr unbemerkt blieben und sie keinen Anteil am kommerziellen Erfolg hatte – bis zu dem tag, an dem sie Hugh Hefner vorgestellt wurde, der diese Angelegenheit im Sinne von Page regelte.

Unter dem Strich haben ihre natürlich-fröhliche Art, ihre kreative Kleidung bei den Foto- und Filmsessions sowie nicht zuletzt die von ihr als eine der ersten Models aufgenommenen Fetischfotos Bettie Page für viele so genannte ‚Subkulturen' wie beispielsweise die Rockabilly- oder BDSM-Szene interessant gemacht. Wenn wir heute aktuelle Bondagefotos betrachten, haben wir einen Großteil dieser Entwicklung Bettie Page und Irving Klaw zu verdanken, weil sie auf diesem Gebiet Pioniere waren und Page als Model Meisterwerke abgeliefert hat. Aber wie streng auch immer die Bondage- oder Spankingszenen wirken: Niemals hat sie ihren typischen Blick geändert und immer alles mit einem kleinen Augenzwinkern dargestellt, selbst die Darstellung eines entsetzten Gesichtes wirkt so überzogen, dass man das dahinter stehende Augenzwinkern zu spüren meint. Vielleicht haben diese spürbare Unbekümmertheit und der offensichtliche Spaß an der Darstellung der Szenen zu ihrem Ruhm beigetragen. Danken wir also Irving Klaw für seine geniale Idee der Fetischfotos und für seine Filme sowie Bettie Page für die wundervolle Darstellung bei den Aufnahmen, die zu ihrer Zeit nicht nur als anstößig, sondern im wahrsten Sinne des Wortes als kriminell angesehen wurden. Aber allen Anfeindungen und Widrigkeiten zum Trotz hat sie mehrere Jahre als Akt- und Fetischmodel gearbeitet und damit unzählige Menschen bis in unsere Zeit erfreut. Sie hat zudem mit ihrer Arbeit für die heutige Fetisch- und BDSM-

Szene unter schwierigsten Bedingungen Pionierarbeit geleistet – dafür sollten wir ihr danken und ihrer anlässlich des fünften Todestages gedenken.

Danke, Bettie!

Anmerkungen

1 Vgl. Bettie Page in: Bettie Page – Godmother of Striptease. Dokumentation GB 2012, ausgestrahlt am 4. Januar 2014 auf ARTE. Da in der Dokumentation Bettie Page selber zu Wort kommt, muss das Gespräch rsp. müssen die Gespräche vor dem Sommer 2008 aufgezeichnet worden sein.

2 Vgl. Bettie Page in: Bettie Page – Godmother of Striptease. Dokumentation GB 2012, ausgestrahlt am 4. Januar 2014 auf ARTE, desgl: http://de.wikipedia.org/wiki/Bettie_Page, eingesehen am 6. Januar 2014, S. 2.

3 Vgl. Bettie Page in: Bettie Page – Godmother of Striptease. Dokumentation GB 2012, ausgestrahlt am 4. Januar 2014 auf ARTE, desgl: http://de.wikipedia.org/wiki/Bettie_Page, eingesehen am 6. Januar 2014, S. 2.

4 Vgl. Bettie Page in: Bettie Page – Godmother of Striptease. Dokumentation GB 2012, ausgestrahlt am 4. Januar 2014 auf ARTE.

5 Vgl. http://de.wikipedia.org/wiki/Bettie_Page, eingesehen am 6. Januar 2014, S. 2.

6 Vgl. Bettie Page in: Bettie Page – Godmother of Striptease. Dokumentation GB 2012, ausgestrahlt am 4. Januar 2014 auf ARTE.

7 Vgl. Bettie Page in: Bettie Page – Godmother of Striptease. Dokumentation GB 2012, ausgestrahlt am 4. Januar 2014 auf ARTE. Bei Wikipedia heißt es, dass Irving Klaw die Idee mit dem Pony hatte, vgl.

http://de.wikipedia.org/wiki/Bettie_Page, eingesehen am 6. Januar 2014, S. 2. Da in der britischen Dokumentation jedoch Bettie Page selber zu Wort kommt, dürfte ihre Aussage gewichtiger sein.

8 Vgl. Bettie Page in: Bettie Page – Godmother of Striptease. Dokumentation GB 2012, ausgestrahlt am 4. Januar 2014 auf ARTE.

9 Vgl. http://de.wikipedia.org/wiki/Irving_Klaw, eingesehen am 7. Januar 2014.

10 Vgl. Bettie Page in: Bettie Page – Godmother of Striptease. Dokumentation GB 2012, ausgestrahlt am 4. Januar 2014 auf ARTE.

11 Vgl. http://de.wikipedia.org/wiki/Bettie_Page, eingesehen am 6. Januar 2014, S. 3.

12 In Deutschland beispielsweise von Bear Family Records.

13 Vgl. http://de.wikipedia.org/wiki/Bettie_Page, eingesehen am 6. Januar 2014, S. 13.

14 Vgl: Bunny Yeager: Betty (sic!) Page by Bunny Yeager, 30 Postcards. Taschen-Verlag 1996. Das Buch beinhaltet lediglich eine Seite Text (sowohl auf Englisch, Deutsch und Französisch), so dass Seitenzahlen wohl als entbehrlich angesehen wurden.

15 Vgl. Bettie Page in: Bettie Page – Godmother of Striptease. Dokumentation GB 2012, ausgestrahlt am 4. Januar 2014 auf ARTE, desgl: http://de.wikipedia.org/wiki/Bettie_Page, eingesehen am 6. Januar 2014, S. 4.

16 Vgl. Bettie Page in: Bettie Page – Godmother of Striptease. Dokumentation GB 2012, ausgestrahlt am 4. Januar 2014 auf ARTE.

17 Vgl. Hugh Hefner in: Bettie Page – Godmother of Striptease. Dokumentation GB 2012, ausgestrahlt am 4. Januar 2014 auf ARTE.

18 Vgl. Bettie Page in: Bettie Page – Godmother of Striptease. Dokumentation GB 2012, ausgestrahlt am 4. Januar 2014 auf ARTE.

19 Vgl. Bettie Page in: Bettie Page – Godmother of Striptease. Dokumentation GB 2012, ausgestrahlt am 4. Januar 2014 auf ARTE,

desgl: http://de.wikipedia.org/wiki/Bettie_Page, eingesehen am 6. Januar 2014, S. 4.

20 Vgl. Harry Lear in: Bettie Page – Godmother of Striptease. Dokumentation GB 2012, ausgestrahlt am 4. Januar 2014 auf ARTE.

21 Vgl. Die entsprechenden Ausführungen in: Bettie Page – Godmother of Striptease. Dokumentation GB 2012, ausgestrahlt am 4. Januar 2014 auf ARTE.

22 Vgl. http://de.wikipedia.org/wiki/Bettie_Page, eingesehen am 6. Januar 2014, S. 5.

23 Vgl. http://de.wikipedia.org/wiki/Bettie_Page, eingesehen am 6. Januar 2014, S. 5.

24 Vgl. http://de.wikipedia.org/wiki/Bettie_Page, eingesehen am 6. Januar 2014, S. 3.

25 Vgl. Bettie Page – Godmother of Striptease. Dokumentation GB 2012, ausgestrahlt am 4. Januar 2014 auf ARTE.

26 Vgl. Bettie Page – Godmother of Striptease. Dokumentation GB 2012, ausgestrahlt am 4. Januar 2014 auf ARTE.

Was bin ich eigentlich?

Zum Ausleben meiner devoten Neigung gehört neben der erotischen Komponente immer wieder eine reale Bestrafung. Meine frühere Herrin hatte es dabei verstanden, mich ganz unmännlich zum Jammern und Betteln um Gnade zu bringen. Dieses Verhalten hatte zunächst zur Folge, dass ich von ihr während und nach der Züchtigung als ‚Mädchen' verhöhnt wurde. Später gebrauchte sie diese Bezeichnung mit zunehmender Häufigkeit auch während unseres normalen Beisammenseins. Als sich hierbei ein gewisser Gewöhnungseffekt einzustellen drohte, erweiterte sie ihr Repertoire um eine Vielzahl an normalen sowie vulgären Bezeichnungen mit weiblichem Bezug für mich. Die Bandbreite reichte von ‚Trine' über ‚Dumme Gans' bis hin zu ‚Pissnelke'.

Irgendwann kam sie auf die Idee, mich nach einer Bestrafung einen Damenslip als Strafhose tragen zu lassen. Ihre Begründung dafür war so simpel wie einleuchtend: „Wer sich während einer Bestrafung wie ein Mädchen aufführt, darf sich hinterher nicht wie ein Mann kleiden." Bei der verordneten Hose handelte es sich um ein etwas weiter geschnittenes Panty mit viel Spitze - ersteres, damit meine von einer richtigen Frau abweichenden Genitalien bedeckt waren, letzteres zur Verstärkung der Demütigung.

Anfangs erfüllte diese Art von Strafhose ihren Zweck, denn tatsächlich schämte ich mich, mit einem solchen Kleidungsstück meiner Herrin zu dienen, zumal sie mich deswegen nun mehr als zuvor als ‚Mädchen' oder ‚Heulsuse' verhöhnte. Allerdings dauerte meine Beschämung nur einige Wochen, dann fand ich mehr und mehr Gefallen an Damenhöschen. Ganz besonders ansprechend fand ich die Vielzahl an Farben, Formen und Materialien, die im Gegensatz zu der eher eingeschränkten Auswahl an männlicher Unterwäsche wie ein buntes Kaleidoskop wirkten. Meiner Herrin blieb meine zunehmende Begeisterung nicht verborgen, und so erweiterte sie meine Strafkleidung um einen Büstenhalter und Damenunterhemden mit viel Spitze. Damit erreichte sie in der ersten Zeit wieder den von ihr gewünschten Effekt der Beschämung, aber ich gewöhnte mich rasch auch hieran, lediglich das Anfreunden mit dem BH dauerte etwas länger. Das mag daran gelegen haben, dass es eine sehr kleine Größe war, denn meine Herrin vertrat die Ansicht, dass der BH an mir ruhig kneifen dürfe, um meine Stellung als Sklavin (sic!) zu unterstreichen. Ein Auffüllen der Cups war mir hingegen verboten, denn „Wer platt wie ein Bügelbrett ist, hat Pech gehabt, ein Ausstopfen des BH wäre Betrug und der ist wehleidigen Gänsen wie dir verboten".

Angesichts meiner raschen Gewöhnung an die weibliche Unterwäsche und des immer offensichtlicheren Vergnügens, sie zu tragen, wandelte meine Herrin die ursprünglich als Strafkleidung angeordnete Bekleidungsvorschrift in meine dauerhafte Bekleidung um. Gleichzeitig ordnete sie für mich nun auch das Tragen von entsprechender Oberbekleidung an. Fortan durfte ich im Haus nur noch vollständig in Damenwäsche gekleidet sein. Ausgenommen von dieser Bestimmung war nur die Anwesenheit von Gästen, bei denen ich auch zugegen sein durfte. Da es sich bei diesen Besuchern um Vanillas handelte und von ihnen eher negative Reaktionen auf meine Person in einem Kleid erwartet wurden, trug ich bei solchen Gelegenheiten männliche Oberbekleidung und lediglich darunter einen Damenslip. Ein Damenhöschen musste ich ohnehin schon beim Verlassen des Hauses tragen, im Winter wurde meine Unterwäsche um ein Damenunterhemd mit Spitzenbesatz ergänzt, weil dieses, anders als unter der leichten Oberbekleidung im Sommer, vom Pullover verdeckt wurde.

War das Tragen von Damenunterwäsche anfangs eine beschämende Strafverschärfung, fand ich rasch immer mehr Gefallen daran. Gleiches galt auch für die Damenoberbekleidung. Gerade im Sommer genoss ich meine kurzen Röcke, weil sie wegen der Wärme besonders praktisch waren – meine Herrin fand das allerdings auch, weil ein Minirock schnell hochgehoben war, um ein paar gezielte Hiebe auf meinem Gesäß zu platzieren.

Sobald ich mich mit Damenunterwäsche unter meiner männlichen Oberbekleidung im öffentlichen Raum bewegte, kam eine zunehmende erotische Wirkung hinzu. Diese ging so weit, dass mein Glied erigierte und immer mal wieder auch Vorsamen austrat. Das hinterließ im dünnen Stoff natürlich Spuren, die bei meiner Rückkehr und der nicht immer, aber doch recht häufig durchgeführten ‚Schlüpferkontrolle' rasch entdeckt wurden. Die anschließende Bestrafung war unangenehm, aber die des Öfteren im Anschluss ausgesprochene Order meiner Herrin, sie als Dank für ihre Mühe zu befriedigen, machte alles wett.

Vor diesem Hintergrund entstand in mir das Gefühl, ein Damenwäscheträger oder DWT zu sein, und mit dieser Annahme lebte ich lange und zufrieden. In neuerer Zeit stieß ich hingegen immer häufiger auf eine Vielzahl von Bezeichnungen, die auf den ersten Blick auch auf mich zuzutreffen scheinen, aber bei näherer Betrachtung etwas ganz anderes meinen könnten. Zudem scheint es auch, als ob manche Bezeichnungen teilweise synonym, teilweise mit anderer Bedeutung verwendet werden. Damit entstand in meinem Kopf die Frage: Was bin ich eigentlich?

Lange Zeit hielt ich mich für einen DWT. Das ist laut Definition ein Mann, der als sexuellen Reiz unter seiner Straßenkleidung gewohnheitsmäßig Damenwäsche trägt.[1] Nun habe ich sowohl aus der ursprünglichen Beschämung als auch aus dem späteren gewohnheitsmäßigen Tragen von Damenunterwäsche tatsächlich sexuelle Reize gewonnen. Allerdings könnten das auch Auswirkungen meiner normalen Sexualität sein, denn nicht nur beim Tragen von weiblicher Unterwäsche, sondern auch bei der Oberbekleidung (z.B. Bluse und Minirock, Kleid) empfinde ich normale erotische Gefühle. Allerdings rührten diese Reize nicht ausschließlich von meiner Kleidung her, sondern gingen oftmals von meiner Herrin, ihrer Kleidung und ihrer Ausstrahlung aus. Im öffentlichen Raum beschränkte sich meine Damenkleidung zwar auf die Unterwäsche, aber erotische Anregungen kamen dort auch von den Menschen her, denen ich begegnete und noch heute begegne. Aus diesem Grund bezeichnete mich meine Herrin deshalb des Öfteren als ‚Flittchen' – und wenn ich von einer anderen Frau als von ihr erregt wurde, war mir eine Bestrafung wegen Untreue sicher. Zwar kam es nie mit fremden Personen zu erotischen Kontakten, weil ich meiner Herrin stets treu war, aber für sie war das Auftreten von Erregung beim Anblick einer anderen Person bereits ein zu ahndendes Vergehen.

In neuerer Zeit taucht immer wieder der Begriff ‚Feminisierung' auf. Hierbei handelt es sich um ein erotisches Rollenspiel, bei dem ein Mann durch Kleidung und Verhalten in die Rolle einer Frau schlüpft. Es handelt sich um eine Form des Crossdressings oder Genderplays.[2] Für feminisiert halte ich mich nun eigentlich nicht, denn mein Verhalten unter Stock oder Peitsche ist meine natürliche Reaktion. Ob sie tatsächlich mädchenhaft war und heute noch ist oder ob dies von meiner Herrin nur aus Gründen der Demütigung behauptet worden ist, vermag ich aus Unkenntnis von ‚normalen' männlichen und weiblichen Reaktionen und damit aus Mangel an Vergleichsmöglichkeiten nicht zu beantworten. Zwar musste ich meiner Herrin schließlich als Dienstmädchen und Putzfrau dienen, aber ein zur Feminisierung gehörendes Schminken oder das Tragen von Perücken mit weiblicher Frisur wurde von mir nicht verlangt. Lediglich meine Pflicht, in jeder vierten Woche eine Damen-Slipeinlage zu tragen, könnte als Akt meiner Feminisierung gedeutet werden, obwohl die Intention dafür eher in

dem für mich beschämenden Kauf dieser Slipeinlagen zu sehen war. Diese wurde noch dadurch vergrößert, dass ich immer die Drogeriemärkte wechseln musste, also nicht irgendwann in einem Laden ‚bekannt' sein konnte, was die Aufregung und Beschämung beim Kauf sicher reduziert hätte. Trotz
dieser kleinen Feminisierungsmaßnahme würde ich mich aber
gerade wegen der abweichenden Intention nicht als feminisiert
bezeichnen. Zugegebenermaßen interessieren mich mittler-
weile das Lackieren der Fuß- und Fingernägel sowie das Tragen einer Perücke, aber diese Wünsche entspringen meiner
reinen Neugier. Daraus zu schließen, dass ich feminisiert sei,
würde ich als gewagt betrachten.

Angesichts meines Faibles für weibliche Kleidung und insbesondere für die Unterwäsche bei gleichzeitigem Fehlen
meiner Feminisierung würde ich meine Gefühle deshalb auch
nicht als die einer Transgender (TG) bezeichnen. Dieser Per-
sonenkreis besteht aus Menschen, deren Geschlechtsidentität
oder deren Geschlechterrolle von ihrem biologischen Geschlecht abweicht.[3] Tatsächlich fühle ich mich als Mann und
nicht als Frau, lediglich die Kleidungsstücke des anderen Geschlechts mag ich. Gut, hin und wieder beneide ich Frauen,
weil sie gewöhnlich erobert werden, während Männer erobern
müssen. Da ich ein eher schüchterner Typ war und immer
noch bin, fällt mir das ‚Anbaggern' im Vergleich zu anderen
Männern etwas schwer. In manchen Momenten wäre ich gerne eine Frau, um die sich die Verehrer/innen bemühen. Daraus aber eine Abweichung meines gefühlten von meinem

biologischen Geschlecht zu vermuten, würde ich vor dem Hintergrund meines sicher nur rudimentär vorhandenen Wissens zu diesem Thema ablehnen.

Vielleicht passe ich aber in die Kategorie der Kathoey? Diese Gruppe ist zwar nicht klar umgrenzt, bezeichnet aber in der Regel biologische Männer mit femininen Eigenschaften oder Identifikationen. Problematisch ist jedoch, dass sie maskuline Männer begehren.[4] Meine sexuelle Präferenz liegt jedoch klar auf dem weiblichen Geschlecht. Allerdings hatte ich bislang nie die Gelegenheit, mit einem Mann zu experimentieren – wer weiß, wie das ausgehen würde. Vielleicht würde nach einem solchen Versuch im Ergebnis Bisexualität stehen? Dann könnte ich vielleicht doch zumindest ein halber Kathoey sein? Möglicherweise wäre es auch nicht abwegig, mich als ‚Sissy‘ zu bezeichnen, denn laut Definition ist das ein Mann, der sich nicht konform zu männlichen Stereotypen verhält, allerdings wird auch dieser Begriff mit Homosexualität verbunden.[5] Gerade letzteres muss ich, wie eben dargelegt, verneinen, bestenfalls könnte eine Bisexualität bestehen, aber ohne einen entsprechenden Versuch bleibt das Spekulation. Sollte ein solcher Versuch jemals stattfinden und tatsächlich ein Interesse von mir an Männern bescheinigen, würden dennoch meine Präferenzen für das weibliche Geschlecht überwiegen, wenngleich ich in meiner Funktion als Sklavin oder Dienstmädchen durchaus bereit wäre, auf Befehl einem Mann zu Willen zu sein, da eine Verweigerung gegen meine Rolle sprechen und eine strenge Bestrafung wegen Renitenz zur Folge haben dürfte.

Problematisch bei der Verwendung des Begriffes ‚Sissy' ist, dass er von manchen Menschen offensichtlich mit Windeln in Verbindung gebracht wird. Demnach ist eine Sissy ein Mann, der unter seiner Mädchenkleidung eine Windel, oftmals mit Gummi- oder Plastikhöschen, trägt und sich wie ein Baby benimmt. Nun ist mir das Tragen einer Windel nicht unbekannt, denn im Anschluss an eine sehr strenge Züchtigung musste ich eine solche zum Schutz der Kleidung anlegen. Das hatte meine Herrin eingeführt, nachdem einmal eine Strieme etwas genässt und meinen Slip beschmutzt hatte. Eine Windel unter meinem Rock zu tragen war mir ebenfalls sehr unangenehm, aber dabei handelte es sich um eine Schutzmaßnahme, was meine Beschämung erträglicher machte. Im Zusammenhang mit Sissys ist mir aber bislang keine verstärkte Neigung für Windeln begegnet, dafür aber immer wieder die Freude an BDSM oder Spanking. In beiden Fällen wäre eine Windel wegen der dämpfenden Wirkung für die Hiebe unzweckmäßig. Offensichtlich handelt es sich also bei der Vorstellung von Sissys als Windel tragende Männer in Mädchenkleidung um die abweichende Interpretation einer zahlenmäßig begrenzten Personengruppe.

Was bleibt mir nun für eine Erkenntnis? Offensichtlich war ‚früher' manches einfacher, während ‚die Moderne' viele neue Ausprägungen der Gefühlswelt von Menschen offenbart und diese immer neue Bezeichnungen hervorbringen. Die dadurch entstehende Fülle an Begrifflichkeiten mit ihren sich teilweise überschneidenden Merkmalen erschwert mir meine Zuordnung. Die Verwendung einer korrekten Bezeichnung in einem einheitlichen System wäre sicher wünschenswert, denn im Gespräch mit einem potentiell an mir interessierten Menschen könnten dann Missverständnisse auf Grund unterschiedlicher Auslegungen vermieden werden. Derzeit scheint eine verbindliche Definition jedoch nicht in Aussicht zu sein, so dass manche Kreise ihre eigenen Interpretationen entwickeln. Tja, und was bin ich nun eigentlich? Nach den vorstehend gewonnen Erkenntnissen werde ich mich wohl bis auf weiteres als DWT bezeichnen. Sollte ich jemals die Gelegenheit erhalten, mit einem Mann experimentieren zu können, hätte ich danach vielleicht Anhaltspunkte für ein Überdenken meiner selbstgewählten Einteilung. Da ich mich jedoch wegen meiner oben genannten Schüchternheit nicht selber aktiv zu werden traue (nicht zuletzt auch aus Sorge um meine Gesundheit im Falle eines Aufeinandertreffens mit einem heterosexuellen Mann, der stärker ist als ich) müsste mich also ein Mann (egal ob Mann, Sissy oder TG) verführen. Doch daran wage ich nicht zu glauben.

Ach ja: Der Kontakt zu meiner Herrin, die mir die Welt der Damenwäsche eröffnet hat, endete mit meinem durch das Studienende ausgelösten beruflich bedingten Umzug. Der danach noch bestehende schriftliche Kontakt ist nach und nach eingeschlafen und schließlich zum Erliegen gekommen,

Anmerkungen

1 Vgl. Wikipedia: Suchbegriff ‚Damenwäscheträger'.

2 Vgl. Wikipedia: Suchbegriff ‚Feminisierung'.

3 Vgl. Wikipedia: Suchbegriff ‚Transgender'.

4 Vgl. Wikipedia: Suchbegriff ‚Kathoey'.

5 Vgl. Wikipedia: Suchbegriff ‚Sissy'.

Ebenfalls lieferbar:

Andy Daring

Es dirigiert die Peitsche

Bitter-süße SM-Poesie

ISBN 978-3-7460-9213-3

Gedanken über den Sadomasochismus

Essays zum Thema BDSM

ISBN 978-3-7519-8327-3

Bücher befreundeter Autoren:

Gerhard Devmann

Meine gesammelten Werke

Essays und Geschichten zum Thema BDSM

ISBN 978-3-7519-3589-0

Yvonne Satin

Ich öffne mich für dich

Erotische Gedichte

ISBN 978-3-7519 5476-1

Thomas Frohsinn

Küssende Männerherzen

Homosexuelle Liebeslyrik

ISBN 978-3-7519-1481-9

I. DIGAS

Es tanzt der Gelbe Onkel
Stöckchenreime und Lehrgedichte
für Spankingfreunde
ISBN 978-3-7347 7254-2

Strenge Frauen und ihre Männer
Spankinggeschichten über dominante Frauen
ISBN 978-3-7519-2154-1

Erziehe mich mit Strenge
Spankinggeschichten über dominante Männer
und ihre Frauen
ISBN 978-3-7519-5906-3

O du Schmerzhafte
Weihnachtliche Spankinggeschichten
ISBN 978-3-7526-2716-9

Gerd Süßmann

Windelpoesie
Gedichte eines Adult Babys

ISBN 978-3-7494 7033-4

Aus dem Leben eines Adult Babys
Ein Erwachsener mit Windel

Kurzgeschichten

ISBN 978-3-7519 2138-1

Topfgedanken
Essays über das Leben als Adult Baby

ISBN 978-3-7519 2177-0

Wegen Inkontinenz zum Adult Baby
Vom Mann zum erwachsenen Babymädchen

ISBN 978-3-7526-8366-0